友愛の花

序　同期生二見剛史さん

「もしもーし、二見です」と鷹揚な声。電話の向うには眼鏡の人懐こい二見スマイルがみえ、「今朝の新聞に・・・」と話が切り出されます。情報への反応の速さと周りへのコンタクトの速いこと。朝早くから何事だろうと思いつつ、話が進むと得をした思いにさせられます。

二見さんとは加治木高校昭和三十三年卒の同期生です。一年生当時、加治木高校新聞に「人権デーに想う」との論評を寄せています。

「世界平和建設をめざし人権デーを迎え、もう一度過去を反省し将来への歩みを新たにすべき」との結びでした。戦後の昭和二十三年、国際連合で「世界人権宣言」が採択され、その四年後日本はサンフランシスコ講和条約で占領国から独立主権の国家となりました。その頃はひもじかったけど、日本が、大戦の反省と共に今後への大きな希望を持った時期です。この時代背景を受け、十五才にして一角の意見が書ける事に驚かされたものです。三年生では生徒会会長として活躍でした。世界文学も好み、「青い鳥」の幸福論を聞いた覚えもあります。進学は、御尊父の影響もあってか九州大学での教育研究の道でした。

昭和五十五年には故郷の現志學館大学の先生として錦を飾られました。

研究のかたわら、二見さんは加治木高校同期会「三三会」の世話役の活動を始めました。娘さんも加治木高校であり、母校のＰＴＡ会長にも就かれました。中でも力の入ったのが同期会誌「つたかずら」の発行でした。春田ひろ子氏加来宗暁氏らの尽力の後を引き継ぎ、意を注ぎました。ついに会誌は五十号を数え、平成十二年には三三会還暦記念誌として六百五十ページに及ぶ合冊号が発行されました。その同期会誌たるや壮観です。二見さんは、まさしく「つたかずら」命の取組みでした。

同誌の編集後記の中に「同期生の消息を訪ね捜しながら皆挙《こぞ》って友情を温めて参りました。いや友愛の花を咲かすべく、人間関係を築いてきた日々」だったとあります。すでに二十年前に「友愛の花」は、二見さんの実践テーマだったのです。同窓生に限らず旧交を温める志は今でも変っていません。縁のあった人に、いやそれに限らず、繋がることを大切に思い、大事にされています。

いま二見さんとの交流は、郷土史研究を同好とする隼人町史談会がベースです。毎月の定例会で、各自のテーマの調査や研究研修を発表し合っています。二見さんは今まで、「谷山初七郎」「松本亀次郎」「南浦文之」「ふる里の高松城・竹山城調査」等を発表しました。隠れた教育者・学者像を掘り起し、我々の目を開かせてくれました。それは生きざまを追及し学ぼうとする主題でもありました。人をよく讃える人間大好きの二見さんなのです。

いま時代の変化は大きく、昭和時代ももはや過去に押しやられ、おぼろになりつつあります。

八十歳にならんとする我々世代の親は明治か大正時代の初めの生まれなので、体を通して明治大正以降の暮らしぶりを思うことがあります。「ご飯粒を残すな」とか「お天道様」という呼び方とか「知っている家の前では会釈して通れ」などを不合理不自然とは思わないでいます。

「父祖の地」という思いが、二見さんには大きく動いているようです。著作に「文化」「生涯学習」「グローカル」「地球市民」「里山」のキーワードを見かけますが、基点は「父祖の地」からの発想思索なのでしょう。

毎年秋になると二見さんから「はい新米」と頂きます。その時「偉い」と「恥ずかしい」の気持ちが交錯します。二見さんは、父祖伝来の田を守りその恵みを実らせ、周りを喜ばせています。一方父祖の田を荒らしている私は恥ずかしく、父祖の地を守り、実践体現している二見さんがなお偉く見えるのです。

最近二見さんの教育史研究の目は、過疎化していく郷土の時代変化を見ています。地域の文化センターであった小学校が廃校となり減ってきています。かつて親や自分が通った学校が姿を消しつつあり、地域を繋ぐ縦糸や横糸であった祭りや講、そしてコミュニティのシンボルであった学校が消えつつあります。二見さんは意を決し、卒業生の名簿だけでも残すべきと学校訪問を重ねていると聞きます。方策の姿が見えてきたら史談会でも報告を聞かしてほしいです。

史談会の今後について、二見さんは言います。「広く霧島市を視野にした活動にしていくべきだ」と。今その方向で、郷土への貢献を図る時期なのかもしれません。各地域で、足元の郷土の歴史を知ってもらう活動などその一歩でしょうか。

さて二見さんは、「友愛の花」の環を幾つ持っているのでしょう。溝辺地域で霧島市で県下で全国海外で、文化で歴史で生涯学習で教育研究でとその環は多くて計れないでいます。

この度本書が出版され、十八編の「友愛の花」が示されました。同期生として喜びです。本著の二見さんの思いや思索を題材に地縁や絆、郷土の在り様などの意見を交わしてみたい一人です。本著「友愛の花」は広く意見を交わし、さらにその環が生まれる書なのでしょう。

あらためて十一冊目の出版に敬意を表し、お祝いお喜びを申し上げます。

平成三十一年三月三十一日

隼人町史談会長　有川和秀

もくじ

巻二、わが恩師への感謝

巻三、落穂拾いの人生

近況　国分の市街地から見える城山公園（豊廣俊治氏撮影）

溝辺の山奥に集まってきた集落の人たち、30年前の風景（於 竹山公民館）です。
このうち半数は天に召されました。

オランダでの国際会議でベルギーの仲間が描いてくださいました。

世界平和への願い

ふるさとの情報誌に毎月連載
（平成29・11～31・4）

《第1回》

空

五輪の五は五大、輪はすべての徳を具える意をもつ仏語である。五大が一切の徳をそなえ、円輪周辺、欠けるところがないとすれば、世界はいかなる要素から構成されるのだろう。宇宙の万物は五智輪、地・水・火・風・空から成り立つ。

平安中期頃、密教で創られた塔形、つまり、方・円・三角・半月・団の五つの形を石で造り「五輪卒塔婆《そとば》」とし各地に建立されてきた。国分平野に住む絵手紙仲間の豊廣邦雄・良子ご夫妻も五輪の塔に強い関心を抱いておられた。

近代オリンピックの異称でもある五輪大会、二〇二〇年、日本が二度目を引受けることになっているが、主催者となるからには五輪に込められた哲学をしっかり学習したらいいと思う。

戦前はまだ世界中が帝国主義段階であったといえる。日本は大東亜共栄圏の盟主で英米と並ぶ強国の一つだと自らを断じ勝手な行動をしていた。政治や経済力が優先され、軍備が庶民の生活を圧迫する。国家単位の枠組みを超越し地球全体の幸福に資する営為をもっと大切にしなければならなかったのに。

戦前、五輪大会の日本誘致に尽力していた教育者・嘉納治五郎の願《がん》も世界大戦への動きの中で達成できなかった歴史がある。大局的に見て、日本の敗戦体験は現代版世界平和に寄与したかも知れぬが、しかし、現今の娑婆《しゃば》世界を眺める時、まだまだ反省の心が表明されてはいないように思えてならない。

新世紀に入って早や二十年、いよいよ日本人も古今東西の哲学を学び直し、スケールの大きな「友愛の花」を各地に咲かせる努力を継承したいものだ。

冒頭から大上段にかまえた筆致となってしまいそうだが、余暇善用の学習を重ねる中で、先人たちの偉業を継承し、次代にも何か役立つ生き方を遺そうとする私たちの世代も精進せねばと決意する。

友愛の花を、生きとし生ける大自然の中で空高く育て、美しく熟成した果実を共に味わう人生を築くために、ふるさとに生を承けた同志として心を磨きあいたい。散花結実の「人間美学」を共有する仲間づくりが出来れば幸いである。

喜寿世代最後の社会貢献を仕遂げて死ねたら本望だ。好学自励を英訳すれば、"Work hard, and encourage yourself !! となる。

さあ、一・二・三、スタート。

二見塾生――豊廣邦雄・良子ご夫妻から届いた絵手紙。情報誌『モシターンきりしま』を毎月楽しみにしておられました。題字をよせてくださつた長野女史に対する敬意の表現です。

《第２回》 天

グローカルな舞台で花を咲かせた歴史的事象に注目してみよう。まずは静岡県出身の教育者松本亀次郎の実践である。

彼には嘉納治五郎創設の宏文学院で魯迅との出会いがあった。日本語教育の内容や方法を確実にするため、留学生たちと学び合い、教科書や辞典等をつくった。

北京大学の前身・京師法政学堂でも亀次郎は日本人教習として当地の文化人と交流する。同僚の一人汪栄宝との友愛はその後、孫の汪向栄さらに汪皓らの日本留学とつながり、友好の模範となる。

清末約五ヶ年の北京時代を経て帰国した松本は知遇を得た人々から物心両面の援助を受けながら東京神田に東亜高等予備学校を創設する。その際、留学生曽横海らの懇請を受け、校名に「日華同人共立」を冠せた。そこへ飛び込んだのが周恩来である。

今、静岡県と浙江省とは友好提携を結んでおり、二〇一七年11月13日、同省人民大会堂で35周年の祝いが盛大に行われた。私は、松本亀次郎研究者として顕彰会の方々に同行し川勝平太知事にもご挨拶してきた。天津では周恩来・鄧頴超夫妻の紀念館、北京は亀次郎の赴任地、浙江の西湖には秋瑾女史の墓もあり、丸4日をかけまわった。私の訪中は8回目であるが、20年ぶりだったのでその間の充実発展に感動する。永年静岡県の方々と友愛を深めてきた私達にとって、浙江訪問は天界の花舞台に登った感じがする。

実は11月11日に母校加治木高校では創立120周年記念式典が組まれ、丁重

北京天安門広場にて静岡県の方々と

前列左端は、松本亀次郎顕彰会の鷲山恭彦会長です。

な招待状まで届き、「全日程に出席」の返信を出した矢先だったわけだが、同窓生との友愛は先送りして訪中優先でライフワークの仕上げに踏みきった次第。御寛恕あれ!!

遠州灘の浜風や高天神の霊気漂う山風が交わる文教の地掛川市に生を受けた亀次郎翁について、ノーベル賞受賞者天野浩氏の講演会でも触れて下さったそうだが、反応はいまいちだったらしい。

大学時代、世界平和に寄与できる人生を開拓するよう導いて下さった平塚益徳先生の天命を体し、中日友好の実践的足場を築いてきた自分にとって、この秋はグローカルな友愛の花舞台を再三味わうことができたように思う。日本人として今、心がけたいことは国際親善の理想を描きながら各地に「友愛の花」を咲かせることではないだろうか。

謝々再見!!

《第3回》 無

明治五年「学制」の序文には「邑に不学の戸なく家に不学の人なからしめん」と記された。『大漢語林』で検索すると、無学とは①学問・知識がないこと。②学道をきわめつくし更に修学することのない状態。不学は①と同意らしい。

英文学者で哲学にも造詣の深い京都外国語大の堀川徹志兄が、学長時代、世界新教育学会（ＷＥＦ）で志學館大学隼人キャンパス訪問の折り、'03大会印象記として「無学と有学」につき深く洞察されていたのを思い起こす。二〇一七年12月2日、外大参与の内田晃弘氏とご一緒に霧島市内のホテル京セラで再会できた。外大創設者・森田一郎氏の厳父吉澤嘉寿之丞が松本亀次郎らと「東亜高等予備学校」設立時に大きく貢献されていた経緯で、一昨年秋出版の拙著『日中の道天命なり』にも強い関心を寄せられ、わざわざ会いに来て下さったのである。

京都外国語大学は一郎・倭文子《しずこ》夫妻の力で昭和22年5月18日開校、早くも創立70周年を迎えたが、スタートから世界平和達成を全方位でとらえ「地球市民」の国際教育を真剣に考え実践されていた点にまず以て敬意を表したい。当日は小研究会のあと、福永健一社長(玉利中・加治木高出身)が加わりホテル龍門会が実現した。

昨二〇一七年は、母校の溝辺中70年、加治木高120年、さらに静岡県と浙江省の友好35周年にも参画できた。これからもどんなハプニングがあるだろう。新世紀をめざし、心を込め光を求めて進もう。

最近の生涯学習成果で一番心に残った出来事は西郷・大久保両家の握手で

ある。原口泉・宮下亮善和尚らの高尚なる行為に拍手を送りたい。両雄の友愛が核となり廃藩置県が成立した史実は美しい花なのだ。西南戦役はもう過去の事件にしたい。太平洋戦争についても猛反省の上で払拭したい頃となった。「時代を超え、国境を越えて」地球上に芽生えたすべての生命が花を咲かせられるよう天空に祈りながら平和に暮らせる人間社会を隈なく築きたいものである。

大村智《さとし》先生の箴言集には「飲水思源」とある。上海東亜同文書院大学では建学の精神だそうで、報恩感謝を忘れるなという意味らしい。90年前の記録にも母校旧制加治木中から上海に遊学の田中守造氏(溝辺出身)の国際的提言を見つけた。「同胞よ支那を正しく視よ」には青年の正義感が溢れている。(加中の『校友会誌』昭和3年11月に記載されている)

二見塾（2019.1.25）で「ぼくの時間」について卓話をさせて頂きました。その時、皆さんに「私の似顔絵を描いて下さい」と頼んでみたら、色々なポーズで届きました。この顔は敷根在住の森園美保子さんから送られた「少年」のポーズです。田中先輩に似てますか？

《第４回》

地

日本列島の冬は、北や東、高い山々の「白」に始まり、西へ南へ飛ぶにつれて黄褐色に変わる。年中変わらないのは空や海の青、南半球に近づくと「赤」の光がまぶしく射し込んでくる。

越年の一字選びは「北」に決まり、霧島市薩摩義士顕彰会で昨秋訪れた京都清水《きよみず》寺の森清範貫主が揮毫されていた。曰く「これから平和に向かって皆が努力してほしい」と。北鮮の人々にも日本人のやさしい心を理解する余地があることを願う。

暮の或る日、吉松の竹中勝雄さんが『草原の輝き』と題する農業人生50年記念誌を土産にわが家を訪れ、妻も一緒に、哲学論を味わった。薬師寺清澄翁の「誓願の森」や「上床牧場・アンの家」等々での思い出を辿りながら、同時代同地域の同志として、農村の在り方、農民の生き方、自然と人生、教育文化論……と、話題は尽きなかった。スイスやドイツやニュージーランド、北海道や九州、さまざまな地域での農業実態、先覚者の活動に触れながら、竹中さんは「学生時代に読み耽ったルソーの『エミール』等もきちんと読み返してみたいとおっしゃる。正《まさ》しく生涯学徒の意気込みである。

太陽の光を浴びながら大地を潤おす水に感謝しあう日常生活の中で、地球市民たちが親しく語り合い、握手をしながら励ましあってゆく姿ほど美しい時空はなかろう。五木寛之さんは「登山は下山によって決まる」と言われたが、私たちの世代が共通認識している心構え「好学自励」、過去を未来に生かすための真摯な生き方を模索しようではないか。

平成29年度私は龍桜高(正村幸雄校長)の保育研究科で教育原理の授業を一年間だけお引受けしたので、先日は音楽ジャンルで「わらべうた」を幼児教育へ如何に折り込むのか学生と語り合ってみた。日本では公教育制度が整備されて約百五十年だが、生涯学習社会の中で「学校と地域」をどう連携するか問われはじめてやっと三十年だ。鹿児島県では幸い椋鳩十文学を大事にしてこられた方々が育っておられる。私も加治木の文学館では専門委員長を拝命していた。

二〇一九年一月は溝辺麓にある大坪徹氏創設のギャラリーで「オンリーワンめざしてワンダフルな絵手紙展」が開催された。出展者の田中珪子女史は「1かけ2かけ3をかけ・・・・西郷隆盛の娘です」を発表されていた。新時代への芽を創り出すために、私たちは、今、何を考えるべきや。まもなく「緑」の季節がやってくる。

兵庫県明石市の脇坂正義氏（全国絵手紙友の会所属）から頂いた年賀状、こんな可愛いい絵を椋鳩十先生にお見せしたら何とおっしゃるでしょう。

《第５回》

大

大きさのきわみと云わん
この窓の外にひろがる
うみやまと天（哲史）

牧園町高千穂「旅行人山荘」で拝見した古川哲史翁の詠歌、御母堂（ナヲ様）と小生の母（サト）が鶴嶺のクラスメイトだった関係で敷根のご邸宅をしばしば訪れた私たちである。先生の親友・教育学者の片山清一氏とはＷＥＦの同志だった経緯で、東京時代から御芳名は承っていたが、Ｕターン後福山あたりを散歩するたびに哲学者の雄大な世界観・自然観に啓発された。

宇宙の大に比べれば地球村はまだ小さく見える。われわれは長らえても百年の生命、哲人の描く大きな世界を想定しつゝ足許を見ることにしよう。

先日、ゴッタン伝承の指導者・永吉タツミさんが曽於からこんな文面を添えて絵手紙を下さった。「初場所はどうなる事かと見てましたら、地球の東の端っこからなれない国に来て初優勝!! 良かった。もらい泣きしましたヨ……」栃ノ心剛史《つよし》関に寄せる日本人の多くはすでに国際級なのかも知れない。

姉(吉田育野)の孫娘から結婚式の招待状が届いたので夫婦で富士を眺めてきた。ついでに東京ドームに赴き、第17回東京国際キルトフェスティバル(布と針と糸の祭典)を見学する。大賞のテーマは「心の華を開く時」千葉県眞田雅子さんの作品だった。ジュニア部門は神奈川県岡村十和君八歳の「ヨロイサイ」、中学生たちの共同作品も並んでいた。全国各地から一一六三点集まり入賞作は二八九。残念ながら鹿児島県からの応募はきわめて少ない。

私たちの文化交流は全県的・全国的に行っています。この写真は曽於市の方々を溝辺にお迎えした時。大坪ギャラリーで『ゴッタン』を演じて下さった子どもも一緒に写っています。絵手紙（似顔絵）は長野昌代さんによるものです。

数年前埼玉県在住の孫（福場寛文）がジュニア部門第一位に入賞したおかげで、キルトの世界にも家族が興味を持った。早くも大学一年生、翌日は地球儀を前にゆったりと世界を語る。年度末には助成金を貰い学友たちとペルー視察を二週間してくるヨと張り切っていた。世界認識を深めるための良き体験となろう。練習中のサックスを祖父母にも披露してくれた。目が輝やいていた。

霧島市でも四半世紀前から始めた日韓交流が続き、先般その成果を竹子《たかぜ》小で見学したが、韓国の小学生たちが日本語できちんと自己紹介をしていた。世界各地で友愛の花が咲き始めている21世紀。次世代の教育環境は急速に大きく広がっていく。近き将来、北朝鮮とも交流できたらどんなにいいだろう。五輪の成果を静かに見守ることにしよう。

《第6回》
春

北海道では梅桃桜が五月一斉に開花するが、鹿児島ではそれぞれの種類により早咲き遅咲きある中で弥生卯月になると花が出揃う。梅は早くも結実の季節に入ったようだ。札幌の雪祭りには、バーンスタインの彫像が出ていたし、ＮＨＫ交響楽団のニュースで世界的指揮者の人生百年が紹介され、感動した。

四月初旬に甲突川で花見の酒盛りをしたいねと村田誠吾君から誘いを受ける。60年前、“Spring has come!!”に新鮮な思いをした高1時代が懐かしい。還暦記念の集いに来てくださった先生方は已に他界され、同期生で三三五五の再会を喜び合う昨今。されど、つれあいに先立たれ寂しさの中にある級友にどんな言葉を掛けたらいいのか悩む。

傘寿に近くなると、見えなかったものが見えるように感じるらしいが、いのちの大切さ他者の親切さが身に沁みてくる。ローマの古代神・ヤーヌスは私たちの時代をどのように見ているのだろう。父母の命日に毎月読経しながら自分の人生を振りかえる。人間は百年単位で散花結実の儀式をせねばならないのだろうか。

平昌《ピョンチャン》五輪は開会から閉会までしっかり見せてもらった。一番印象に残る場面は日韓のメダリストが肩組みあった姿だ。芸術体育の世界は地球市民の友愛だと拍手を送る。百年前こんな美しい情景を誰が予想したであろう。有難や く。

二〇一八年三月十一日鹿児島神宮初午祭を卜して溝辺の山里に「霧島生活農学校」が旗揚げされた。農学の権威・萬田正治さんと新学校の設立につき語り合ってきた仲間の一人として、快挙を喜びあう。記念講演は日本農民文学賞受賞の山下惣一さんである。「農無き国の食無き民になってよいのか。」

札幌農学校の学生に新渡戸稲造や内村鑑三らがいる。鹿児島県の中高等教育機関の指南役・岩崎行《ゆき》親《ちか》のために語られた友情スピーチが強烈に光っていた。「石狩平野の処女林、其の樹木に巣くう鳥類、其の樹陰に咲く雑草、石狩・千歳・豊平の諸流に群がる魚類、是等が最良の教師」「教育は外より知識を注入するに非ずして、内なる知能の開発にある」と鑑三は説く。

この精神は大正デモクラシーに通じ、現実の教育で今生気を戻しつゝある。「最大の教師は自然だ、」と主張される点を後世のわれわれも強く意識し実践したいものである。

わが家の「ままごと農業」では、物々交換（贈物）に新米や花や果物を差し上げます。毎年姶良市の青梅会に誘われ各地を散策しながら絵手紙をやりとりしています。これは内村恵子女史からいただきました。わが家のバンペイユが美味かったそうです。

《第７回》

竹

竹林面積全国一の鹿児島県、早掘り筍も好評を博している。生育の地が溝辺村有川竹山なので少年時代から竹に興味を抱いていた。農具食器類の多くは手造りの竹製品だったし、観光視察で店頭に出ている工芸品は思わず手に取る。

鹿児島空港近くに四年制大学創設との朗報を受けたのは昭和50年代。Uターンまもない或る日、初代学長有馬純次先生から開学の際お世話になった方々へ早掘り筍を用達するよう頼まれた。「え、タケノコ」と驚きながらも父祖の地で探し出す。

数年前、わが家では中越パルプに竹林ひと山の竹を差し上げた。七人の若武者が一週間かけて切出す程の分量、竹が紙になるとは大したものだ。おかげさまで荒れ山も少しきれいになった。この情報を下さったのは隣人の杉木章氏、富山県ご出身で薩摩おごじょと結婚、霧島連山を朝夕眺められる空港近くにエレベーター付き2階建ての邸宅を構えておられる。本式の門松づくりもお手のもの、画家写真家でもある。

溝辺小の土屋武彦校長が発起人の「水の会」主催の七夕講演会を西郷公園和室で開き、竹の専門家・濵田甫《はじめ》先生をお招きしたことがある。竹林業の大野道夫さんらも参加して下さった。いい思い出だ。

平成27年11月、霧島市で第56回全国竹の大会が開催された折り、大会テーマを見たら「竹資源、活かして育む竹の郷《さと》」とあった。「日本の竹工芸を世界へ」「放置竹林の改善」「国産タケノコ栽培」等のスローガンが提唱されていた。大会の名誉会長千玄室氏から溝辺の竹子《たかぜ》小にキリシマコスズ・キンメイシホウ・ホウライコマチなど6種の株が贈呈された。日韓交流でも有名な同校で今すくすくと育っている。高風哲仁校長のお招きで日本一の卒業式もしっかり見せていただく。

去る四月七日、国分山形屋東玄関前で「アンデスの風をあなたに」ペルー出身のセルヒオさんが南米の調べを演じてくださるというので出かけた。国分西小の子らと肩組んで楽しい時を過ごす。楽器のケーナとサンポーニャは竹製、独特の音色である。何だか地球市民になった気持ちがした。ちなみに神奈川の甥（坂井陽一）はペルーで体育教官を3年間したし、埼玉の孫（福場寛文）はこの春、大学の助成を得てペルー視察を2週間楽しんできた。

竹産業を文化的見地から再開拓することはできないだろうか。ちなみに、日本最古のかな物語はかぐや姫が主役である。絵本は楽しい文化財だ。

【ふるさとの風景】

水の会で竹山ダム探訪をしました。
撮影者：（上）福永政男氏
（下）杉木　章氏

《第8回》

友

　国難を救った善の歴史に注目したい。登場する日本人を先ず挙げると、身近なところで西郷どんや大久保サアの顔が浮かんでくる。百五十年前の志士たち、その後、日本の教育・学問の普及で世界的視野に立った人材が続々と育ってくるわけだが、私たちの世代も互いに励ましあう中で、各方面の未来に光をあてようと努力しあってきたのだと言ったら生意気だろうか。ふるさとでは今、生涯学習社会が実現し老若男女みな生き生きと過ごしている。

　四月の或る日、つくば市在住（大崎町出身）の山本毅雄君から突然の電話を受けた。「お茶の水のギャラリー８８４ですばらしい展覧会をやっているので見に来たら、君のライフワーク・松本亀次郎が国難を救った四天王の一人として紹介されているョ」と。順天堂の佐藤泰然・進氏らが選んだ四人ー医学の太田用成、生物学の丘浅次郎、経済学の山崎覚次と留学生教育の松本亀次郎がクローズアップされていた由、魯迅や周恩来らに日本人の真心を伝えた人として注目を集めたわけだ。このあとも見学者たちから続々と感想が寄せられ嬉しかった。研究者としてやはり冥利に尽きる思いだった。

山本君とは少年時代からお付合いを重ねている。志布志高と加治木高で文通を始めた同期生なのだ。アチーブメントテストでは常に県内トップ、いくら頑張ってみても追いつかなかった。彼は早々と東大へ進んだが、その後私たちにも学界情報をいろいろ伝えてくれる。化学からコンピュータの仕事をやっていて奥様はニューヨーク子、御実家カナダの田舎に夏はゆく。子どもさんは同時通訳ができる程だが、日本文化にも強い関心を持っている家族だ。彼は今英文学に熱中している。御尊父が満州で中国人向けの学校に勤めておられたらしい。「松本亀次郎先生のような教師だったかもね」「中国人に恥かしくない日本人だったと思うよ」と語り合う。

私は主任教授平塚益徳先生が国際通だったことが幸いして比較教育、特にアジア学の研究者集団の末席で道を拓くことになる。30数年前Uターンした頃から「鹿児島の歴史研究はこれでいいのか」と疑問を持ちはじめていた。母校の大先輩・海音寺潮五郎氏が「水も洩らさぬ友情」と讃えた西郷と大久保、先月、両者に光を当てる会が発足してほっとしたところである。

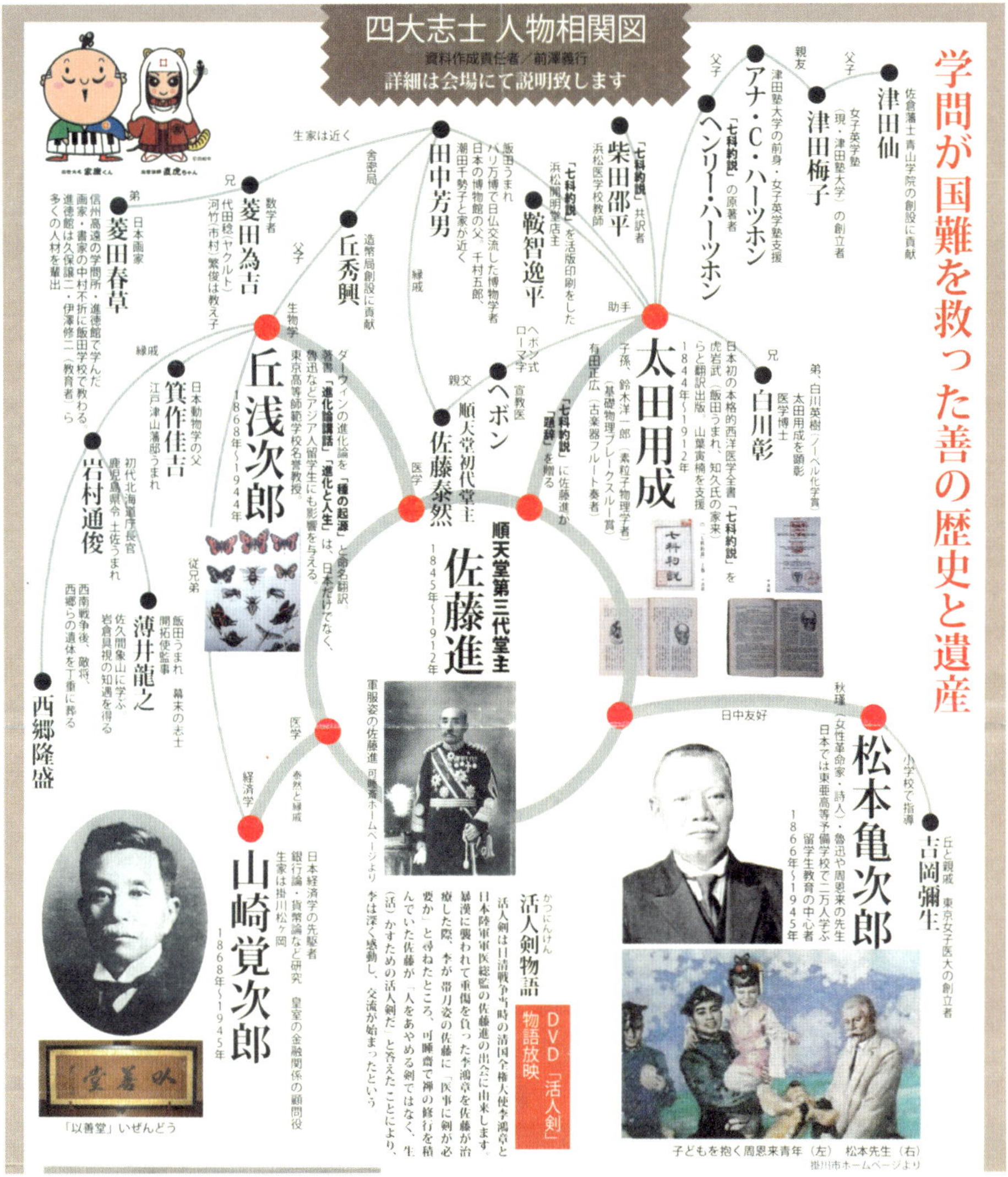

18/04/29

二見剛史殿：

前略　先程電話でお話しした「順天堂第三代堂主佐藤進と繋がる 学問の四大志士たち展」の広告ビラ、送ります。貴殿のお役に立てれば幸いです。

今回の四人の展示のうち、さすが松本亀次郎氏のものが一番光っていました。

阿部　洋

《第9回》

啓

大自然と人間同志の声掛けを重ねながらシニアの私達も生きている。霧島の情報誌『モシターン』六月号の表紙に奈良田付近の風景が登場、「読者の絵手紙」には落合幸子女史が「グーッと大の字におもいっきり」の添え書きをしていた。故郷の情報誌づくりに参加しながら、私たちは心を磨き技を練り健康な生活を築く、友愛は広く光輝くもので満ちている。

二〇一八年五月二十五日、県体育館に約三千名が集まり維新百五十年の祝い、青少年の生の声も新鮮に、平和な世界で生きる幸せを感じた。隣席はライオンズクラブ?の方、初対面ながら友愛の気持ちに満たされた。「温故知新」の精神で臨む時空、お互い新時代への精進を誓う。

ちなみに日本近代史における海外研修の成果を辿ってみると、維新期の岩倉具視や大久保利通、大正期の澤柳政太郎と続く。わが鹿児島版でみると、幕末の英国留学生に肖《あやか》って今回は高校生たちが派遣された。公開ディスカッションでは三反園《みたぞの》知事自ら司会をされ、次代への夢を大きく引出してくださった。

私たちは今、「新教育」運動に尽された先達の功績を全国的スケールで集大成するための辞典編集を推進している。前号で紹介した静岡県出身の松本亀次郎を世に引出した先覚者・兵庫県生まれの嘉納治五郎にも注目、十九年六月十六日に神戸大学で世界新教育学会が開催されるため、前日は研究仲間を誘って史料収集に出向くことにした。その際、松本の親愛なる同志・吉澤嘉寿之丞の遺志を継いで、京都外国語大学を創立された森田一郎・倭文子ご夫妻の功労にも光を当ててゆきたい。ちなみに加治木高校出身の堀川徹志氏は同大の元学長、志學館大学隼人キャンパス在りし頃お招きしご高見を賜った思い出がある。

嘉納治五郎は日本最初の国際オリンピック委員をクーベルタン氏から指名された方だ。一九三八年、第12回東京の開催決定を土産にカイロから帰国中秩父丸船中で逝去、享年七十九歳である。嘉納が会得した人生哲学は「自他共栄」だったらしい。「国家の盛衰から見るも、政治・産業・軍事、必ずしも永続しない。しかし、教育は・・・百代の後までも其力を及ぼす。」「児童生徒に備わっている善性の育成が肝要だ・・・」と主張しておられる。嘉納哲学は国際的にも広がっていく。五輪など体育界への貢献もその後現在まで広く語り継がれている。二〇二〇年が今から楽しみである。

松本亀次郎と吉澤嘉寿之丞は日華同人共立東亜高等予備学校で校長・教頭の間柄であった。先回の史料調査を踏まえて二〇一九年六月のＷＥＦ(世界新教育学会)北海道大会で、私は「新教育運動の実践者たち―松本と吉澤」と題し、小さな研究発表を予定している。日中友好の旗手をつとめた両人の志を紹介したい。

第二部　国際シンポジウム《研究報告要旨》

松本亀次郎との出会い、その生涯の軌跡と教育者像

二見《ふたみ》 剛史《たけし》先生（志學館大学名誉教授）

松本亀次郎との出会い

只今、ご紹介いただきました二見剛史です。鹿児島からやって参りました。松本亀次郎との出会いと、そしてその全体像についてお話をしたいと思います。

私が松本亀次郎研究に入ったきっかけは、国立教育研究所編纂の『日本近代教育百年史』の執筆担当分野が「大学予備教育」であったことです。旧制第一高等学校に中国人留学生のための「特設予科」があり、そこに入るためには、日本語教育を受けていなければならない、また、一般の高等教育機関に入るためにも、日本人並みの日本語能力が身についていなくてはならない。そこで宏文学院や東亜高等予備学校といった大学予備教育機関に注目していましたところ、東亜高等予備学校を創設して中国人留学生の日本語教育に献身した松本亀次郎の存在が実に大きいことに気がつきました。

私は1980（昭和55）年に東京から鹿児島へUターンしましたので、研究を一時中断しなければなりませんでした。しかし、アジア教育学会や比較教育学会の仲間たちとの共同研究や学会発表を繰り返すなかで、松本亀次郎研究の資料調査も続けてきたのですが、私としましては「松本亀次郎ゆかりの地」で資料を本格的に収集することが研究を前進させるための捷径だと感じたわけです。

1981年秋、静岡大学で「清末民初における日本人教習の活動　—松本亀次郎を中心として—」という題目の研究発表を申し込みました。その際、旧大東町にある松本邸に眠っているらしい資料を直接手に取って見せていただこうと思い、役場にお願い致しました。

発表2日前の9月29日に現地に到着。大倉重作町長にご挨拶し、増田実先生や役場の明石克郎さんや岩瀬敏さんたちと松本家の墓参をして、生家に赴きました。倉庫に眠っていた蔵書や手記類を段ボール3箱に入れて藤江亭に運び、夜遅くまで3人の皆さんと分析致しました。翌30日は資料の複写を依頼し、亀次郎ゆかりの学校や歌碑等を見学し、静岡県庁で、当時は教育次長であった石川嘉延さんに挨拶しました。

10月1日は教育史学会での発表でしたが、鹿児島で用意した原稿は横においたままで、資料調査での感動

を伝えることに終始してしまいました。翌日は静岡県立中央図書館へ平野日出雄さんを訪問し、その後、静岡大学で松本亀次郎の師範学校在学当時の文献資料を閲覧・複写し、鹿児島に帰りました。

その後、折に触れては旧大東町を訪問し、アジア教育史学会の研究者たちも連れだって資料分析に精を出しました。私はあらためて松本亀次郎研究をライフワークにしたいという気持ちが高まりました。こうして松本研究を本格的に開始しました。

そして1994年には『論文集成』を、1996年に『資料集』を出版しました。その後も論文執筆を重ねまして、この度、この国際シンポジウムに合わせて、学文社から『日中の道　天命なり』という研究書を出版することが出来ました。受付に本が置いてあります。国際シンポジウムを祝って、学文社の田中千鶴子社長も駆けつけて下さっています。是非、手に取ってご覧いただきたいと思います。本書の出版で、松本先生に幾ばくかのご恩返しができればと思っております。

静岡県掛川市で開催の松本亀次郎顕彰会の様子、後日、会誌に収録されました。（その一部です）

《第10回》
農

Uターン直後から始めた米作り、今夏で35年となる。中学校まで農業を習っていた私たち、鍬の持ち方をほめられ大好きになった思い出がある。老齢の母に代わって村社会に入り、保有米で家計を助けようと一所県命だった。

はじめは殆ど手植えだったが、耕うん機も小型を購入し、田起こしから代掻《しろか》きまで自力でやれるようになった。僅か一反歩なので、田植え機は買わずにきたが、寄る年なみには勝てず、周りの助けを求めるようになってしまった。しかし、どの家も田植えが済むと倉庫に納めてしまいがち。

梅雨に入って出張や遠出の日程が入りＪＡから求めた苗は水田に置いたまゝだった。「皆忙しいんだから自分で手植えをしよう」と働いていたが、曽て娘と同じクラスにいた北山秀己君から「自分で良かったら応援しましょうか」というわけでお願いした。機械植えでやれば僅か一時間余りでたちまち青田に変わる。雨の中だったので補植は翌日一日がかり自力でやりとげ、ほっと一息。世の情けが身に沁みた。タニシ退治のやり方はＪＡの若者がていねいに教えてくれた。これ亦感激。「元気でいいですね」とほめられるが、実のところ、やっとこさの初夏だった。

父母が元気な頃、「米つくりはそろそろやめたら」と言うと、義兄（平川時雄）の一言「農民の喜びはネ、秋の収穫なんだヨ」……、いざ自分が米つくりをはじめてみるとこれは実感となっている。「先祖さまも天上から見守っておられることだろう」と自らを励ます。

「みずほ」が鹿児島・大阪間を四時間で結ぶ新幹線、そうした文明的恩恵に乗っかって京都・神戸方面への出張をこなしながら忙中閑の農作業もする。

とにかく、田植えが済んだ。床の間に飾っていた菊正宗の酒を食卓に移してもよさそう。今年も秋の実りが楽しみだ。

米文化の中で培われた日本人の心を体験学習の中で学んでいる私たち、隣りの古老は83歳まで米つくりに精出されていたが、自分の場合もあと数年でその齢に達する。こんな姿を、しかし、孫たちは見ているのだと思うと急に元気が出る。

太陽と水と土、自然の摂理にしたがってゆけば、米ができてくる。治山治水事業のモデルとされる宝暦治水・薩摩義士顕彰事業に参加して早や十年、農民の家系を継いだ私たちにも「報恩感謝」の心が自然と身についてくるようだ。

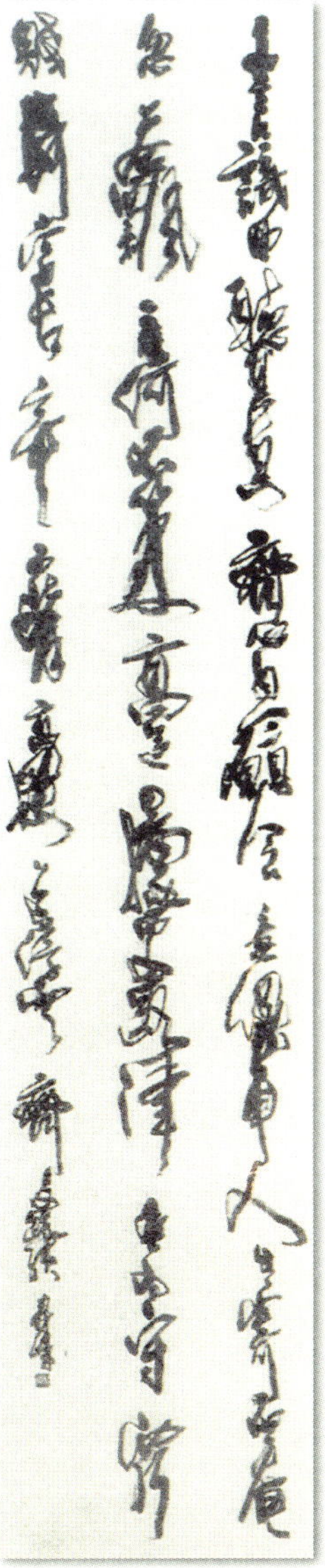

鹿児島県知事賞　北里　洋一

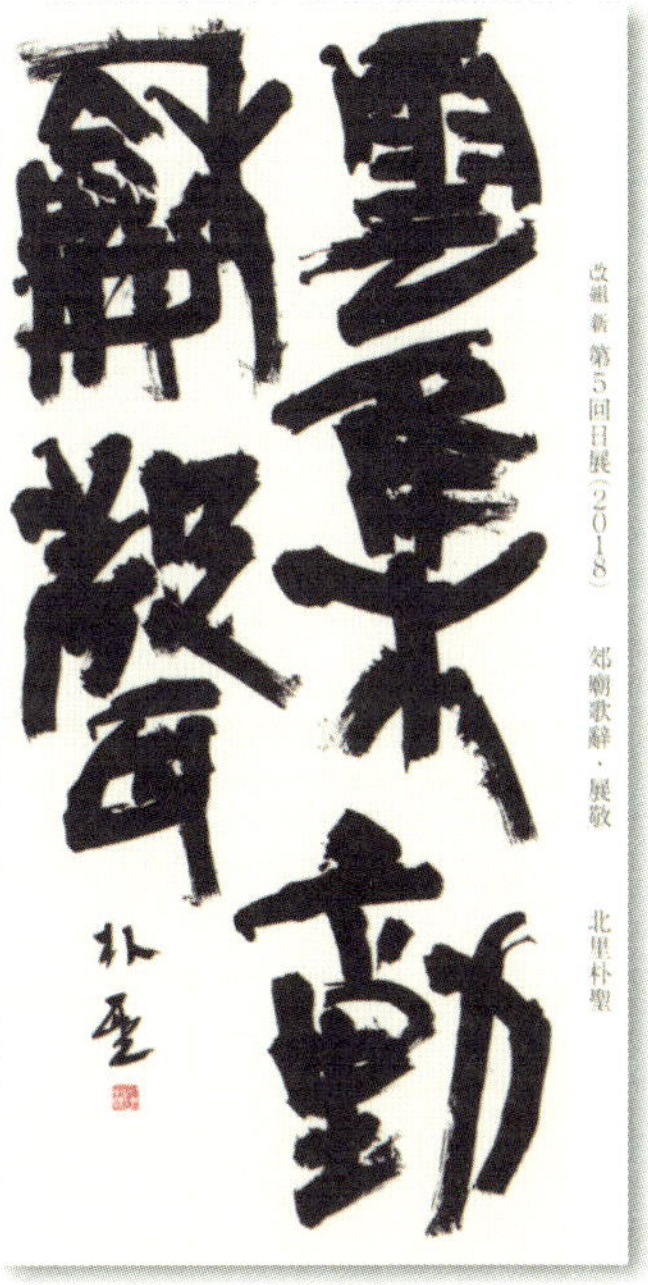

第5回日展入選　北里　朴聖

親子の力作がつぎつぎに（11頁の解説を参照）

《第11回》

種

田園都市を英訳すればgarden cityとなるらしい。田園そのものはcountry, rural districts, pastoral等と表現されるから spiritual home 古里・故郷の概念とも若干異なるのだろうか。生誕の地はbirthplace, home-townとも呼ぶのでホームは単に家庭だけではないらしい。

大学一年生の時、外人教師から「君の英語はブッキッシュだョ」と注意されたのを思い出す。それ以来私は何だか勉強の時間を楽しめなくなった。英語学・英文学に惚れ込んで教師道を快適に進んでいる人たちをみると反省の念しきり。母校加治木高からも有能な英文・英語学の専門家が数多く名乗りをあげている。同期生松下春義君もその一人である。

世界中の人がわけへだてなく兄弟のように親しいことを「四海兄弟」と表現するらしい。学問の到達点、究極のねらいはそんな境地に立てることだと思う。地球市民育成こそが教育の本願、新世紀の哲学をお互い必死になって身に着けたいものだ。

今年の夏は列島全体が自然現象の変化に悩まされた。しかし、被害にあっても天地有情を信じ敢然と生きねばならぬ。過疎化急進のふるさとに身を置いて30年以上、自然と人間のかかわりを考え続けてきた日月を静かに回顧する。

自然は人間に勇気を与える存在だが、感謝の気持がなければ世の中は良き方向に進まない。先日、霧島生活農学校主催で、日本の種子《たね》を守る会のアドバイザー印鑰《いんやく》智哉先生の熱意あふれる講義を拝聴した。84枚のパネルを示しながら九十分「地球全体の自然を守り感謝するために私たち人間は今何をすべきか」具体的な提言をしたいという高い志を語られた。「地球は微生物の星であり、その根っこに再生の種子が秘められている。」「土壌と腸はシンクロしている。」「……」と進み、社会破壊の原因は「食」にある。環境改善、農業復活、医療問題、健全財政……と全領域の課題へと展開し、地球市民形成への方向づけがなされているような気がした。

生産から流通に至る衣食住のセクターに注目しなければならないことを私たちに自覚させてくださった。先生の熱意、入念なる講義内容に私たちは脱帽した。生涯学習社会における教材づくりを老若男女みんなで進めなくてはならないのだと切実に思った。農民はもとより、農協や商工会、医学界のリーダーたちも何人か聴講されていた。

霧島のアカデミアここにありという気分になった。

【ふるさとの風景】

実家の裏山に若者が造ってくれたツリーハウス、PTA 関係の方々が時折り見学にこられます。

竹山集落の方々と野草を食べる会をしました。

《第12回》 米

庭のパンパスグラスが見事な穂をつけてきた。

まるで高砂に出てくる翁のよう、私は社交に配って歩く。春は梅花に筍や椎茸、夏は梅干やブルーベリー、秋には彼岸花に栗の実、そして新米、正月が近づくとバンペイユや数珠《じゅず》玉・・・・レモンは台風で枯れてしまったが・・・・・。こうしたプレゼントを近所隣に配る中で季節の挨拶ができる。

大学時代、貧乏学生の私を週1回「図書整理」を名目に居候《いそうろう》の機会を与え、色々手塩にかけて導いて下さったのが平塚益徳博士だった。恩師には母手造りの新茶も届けていた。書庫に籠り原書にも接しながら学究生活の一歩を踏み出した青春、ある朝、玄関掃除をしていると、近所のおばさんたちが野菜類を置いてゆかれる。その清々《すが》しい光景を見ながら尊敬の念をさらに深めた。「友愛の花かくあるべし。」

平塚先生の道徳論に魅せられた方が母校加治木高校の久保平一郎校長だ。「一見君が目標としている小原国芳先生を高く評価しておられたョ」「……」というわけで教育学への道を歩むことに決めた私、「石にかじりついてもやらねば!!と誓った。父母からの白米と二千円の小遣い、日本育英会はもとより有川育英会や竹中育英会等の奨学金で質素な生活だったが、Academism《アカデミズム》・Liberalism《リベラリズム》・Humanitarianism《ヒューマニズム》3拍子揃った学風の中、「比較教育」的角度から学問に没頭できた。恩師の推薦で院生・助手・研究員・講師と進み、国立教育研究所では全国交流を楽しむこととなった。

恩師はもう雲上に昇って行かれたが、不肖の弟子は今日も「初心」に還りな

【ふるさとの風景】

従兄の竹下尚志・シナ夫妻と（昭和30年代帰省の折り）

大学生時代、帰省して稲刈りの手伝いをしました。
竹馬の友・住吉貢君が応援に来まして父母はとても
喜びました。（中央が父二見源吾）です。

がら自問自答を続けている。連日友愛の花を摘みながら、今月のエッセーは何を話題にしようかと迷うわけだが、感謝すべきことは身近かなところに一杯あるのだ。あとはそれに気付くか見逃すかで人生も決まりそうな気がする。

「先生、アタイヤ秀《ほ》がナカテ、田ンボニア、モ、穂が出ッキモシタド」と語りかけたくなる。昨年一昨年に引続き、脱穀は竹子の二宮貢さんがコンバインでやってくださる。少年時代の農業体験しかない私だが、新米教師はせっせせっせと働いている。今年は老人仲間だけでなく甥や姪、いとこ達にも少しずつ届けようかナと思ったりする。国土の約七割を占める中山間地農村だが、若き世代と共に新しい時代を築いてゆきたいものだ。

ひと頃ムラづくりマチづくり仲間づくりが各地で盛んになされていて、その成果はそれなりに現れているようだが、まだまだお互いの努力が足らないように思える。「農」への感謝、自然への畏敬、老齢化社会の中で私たちのまわりを見渡しながら誠実に生活して行きたいと切に〱思うのである。

《第13回》

森

九月三十日は文之《ぶんし》忌、二〇一九年は三九九回目、加治木の森に史談会の仲間が集まる。安国寺の鬼瓦は昭和九年作。先頃、姶良市報に大きく取りあげられたので、『モシターン』愛読者の目にも止まっていたかと思う。今秋は朝日新聞社が取材された。

私は学生たちを励ます際、肩組み合う「連山」の良さを持論にしている。数年前、国民文化祭鹿児島大会第一回打合わせの席で発言を求められた折り、「空からの発想を大切にしたい」と申しあげた。空港周辺を〃ふるさと〃とする霧島市民たちは地域創生の哲学を鳥の目に求めてきたようだ。私たちを励ましてくれた山は桜島よりも霧島連山だったのかも知れぬ。

薬師町で生まれ、鹿児島幼稚園年長組の時大空襲、父母の故郷《ふるさと》・姶良郡溝辺村に急ぎ疎開した私一家は、寒村の人情味をたっぷり拝領した。竹馬の友たちは往復三里の山坂達者を九年間共有している。十年の戦役《いつさ》で西郷さんも歩かれた高松坂《タカマツノサカ》はまだ森の中にある。

先日、友が嫁いでいる加治木の高岡に弔問の機会があった。立派な農家のたたずまい。森木公子さんの御母堂は九十九、十頭の牛たちがお出迎え、きらきらと輝く御仏壇で讃仏偈を読経させてもらう。南日本「ひろば」への投稿記事が同級生の目にも止まった由、「私たちは皆仲良くつきあってきました。全体では二年に一度集まっているんですョ」と話された。母校の森に友愛の花が綺麗に咲いているのだナァーと感動する。

十一月には枕崎市文化協会の創立50周年記念の会にご招待を受けている。松山閑初代会長さんから賜った敬愛の励ましを私たちも忘れない。美術界の殿堂・南溟館《なんめいかん》から太平洋を眺めるのが楽しみだ。

枕崎といえば、背の高い人が鰹節をいっぱいリュックに詰め行商に来られていた。私の家にも毎年泊まってゆかれた。お元気ならもう百歳か。二十一世紀の今は枕崎から溝辺に嫁がれた二月田直子さん、ぶどうや梨の生産者として評判が高い。また、先に明治維新百五十周年式典で、桜山小の六年生が「私たちの尊敬している方は卒業生の小原國芳先生です。母校の庭には顕彰碑が建っています」と発表していた。「全人教育論」は世界新教育運動のモットウだ。

二〇〇三年七月には志學館大学コスモスの森で全国大会が開催されたことを私たちは決して忘れない。全国各地の教育者が鹿児島まで来てくださったのである。二〇一九年六月には初めて北海道大会が実現する。

四季の歌

作詞／荒木とよひさ
作曲／荒木とよひさ

❶春を愛する人は　心清き人
すみれの花のような　ぼくの友だち

❷夏を愛する人は　心強き人
岩をくだく波のような　ぼくの父親

❸秋をあいする人は　心深き人
愛を語るハイネのような　ぼくの恋人

❹冬を愛する人は　心広き人
雪をとかす大地のような　ぼくの母親

「四季の会」では、会員みんなでよく唄います。

《第14回》

秋

山太郎蟹がドサッ獲れた、食べながら「夢」を語ろうョ、という呼びかけで、十月下旬の或る日「四季の会」集合、一足早い忘年会だった。塩川英彬会長のリクエストで「四季の歌」を全員で唄い合う。秋を愛する人たちは心深き恋人のように友愛の花を咲かせるらしい。

先日、前玉《さきたま》神社の主《ぬし》・東郷護寛氏が来宅、床の間の漢詩を二人で吟詠した。

高屋山望風光清、豊穰適産育農耕
青年志気迸天外、張大和郷土民情

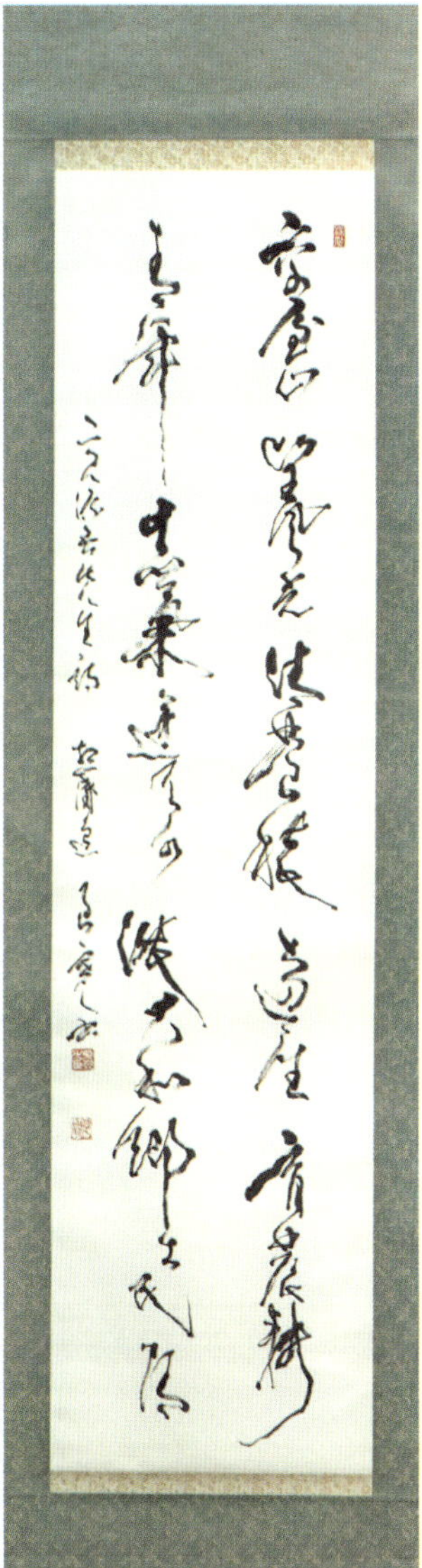

父の詠詩　最勝寺　良寛　書

広域合併でふるさとが広くなった。そこで一行目は「霧島連山風光清」に変えようか。朝な夕なに大自然を眺めながら、皆スケールの大きな人間になりたい。そのために仕事にも励む、青年の志気を忘れるな、というわけだ。父遺作の漢詩に共鳴された最勝寺良寛師匠が独特な字体で掛軸にして下さった。その日は東郷君と出鹿、三縄出身の英語学者荻迫睦巳先輩に再会、夢を語り合ってきた。

霧島市文化協会隼人支部文化祭は60年の節目、農村環境改善センターは大入り満員、プログラム15番目に史談会の同志有嶋しま子女史が「歴史伝承語り」で十三塚原の由来をわかりやすく高らかに語って下さり大拍手。馬踊りが神宮の初午祭になっているわけだが、各地の馬頭観音まつりまで遡って探求すべきだと私は思っている。幼な心に山奥の農村文化が焼きついて「それっ、花をどうぞ」と声かけあった姿がなつかしい。小学生たちの初舞台も良かった。実行委員長の菊谷悠次さんは挨拶の中でインタビューをされていた。すばらしい光景である。

岩下桃代さんは「読者の絵手紙」の中で〝見上げる空は高いのに、鹿児島の秋はどこよりも遅く短い〟と添え書きされていた。まさにハイネのような心深き人の言葉というべきや。秋をもっとじっくり味わってこそふるさと文化なのに。

多久聖廟創建三百年記念の「論語日めくり暦」で発見した言葉がある。

志於道、拠於徳、依於仁、遊於芸（述而第七）

学問の道に励み、心や行いを正しくし、人にやさしくし、そして芸術も楽しむという意味だろうか。先祖伝来の田園で獲れた新米を近所隣に配る趣味を覚えて30余年、水源地の米にはミネラルが沢山入っているらしい。皆さん喜んで下さった。

明鏡止水の心で人生の秋をしっかり味わいたくなってきた昨今、水の会の草刈りにも精出さねばと心ははずむ。

《第15回》

親

勤労感謝の日は竹馬の友の告別式に出かけた。溝辺麓で生まれ、甲突川から天に召された今島春美君、永吉町で石材店を営んでいた。ご遺族の挨拶は「かけがえのない大黒柱」への惜別に続き、「しかし、私達は立ち止まるわけにはいきません。これまで頑張ってくれた父が、この先安心して休めるように、顔を上げて　胸を張って明日への一歩を踏み出します。」と述べられた。親から子へ伝わっていく真情に涙する。

柏市光ヶ丘のモラロジー研究所出版部長・野々村守春さんは「温情如春」

をモットーにされているらしいが、竹馬の友春美君にも春が付いている。親御様には「春のような美しい世界をめざしてしっかり生きてほしい」という願いがあったのだろう。遺影には人生を全うした笑顔を超えた〝えびす顔〟が溢れていた。同級生沼口博美君が面白いことを言う。「あの世はいい所らしいョ。だって帰ってきた人の話はまだ聞いたことがないモン」「そうだョネ、お互い、精一杯生きて天寿を全うしたいものだ。」

こんな会話ができる竹馬の友、早くも傘寿を迎える我々だが、次の一年も、しっかりと楽しく朗らかに春のような日々でありたいと誓う年末だった。「感謝」の表現は息子さん達の言辞に凝縮される。

春美君とは逆に、私は甲突川の岸辺・薬師町で出生、鹿児島空襲後、父祖の地溝辺村のスンクジラ有川竹山で育った。明治大正の頃、集落の子ども達は二粁先山田村飛地にある鎮守小学校へ飛石をつたいながら通ったが、昭和に入ると六粁先の溝辺小へ山坂達者の集団登校となったらしい。今、鎮守小は廃校後始良市加治木の永原小に編入されている。母たちの在学・卒業生名簿は永原小の校長室で見せていただき確認したが、過疎高齢化の進む昨今、母校の記録がちゃんと保存されているかどうかは全国的課題だ。同窓会の組織づくりも大事な文化活動なのだと思うこの頃である。

竹馬の友は永遠の仲間、先日、高校での同級生有川和秀君の誘いで金山史の研究視察に参加したが、旧横川町の山ヶ野小学校は今地域公民館になっている。しかし、その館の一室には母校の沿革史がきちんと刻まれていて感動、きっと卒業生たちが今年の正月にも三々五々集まって昔を語り合えるのではないだろうか。羨ましいナァー。二〇一九年三月二十六日、横川のさくら館ロッジで加治木高校の後輩になる下笠徳次教授ご一家を同期生・同窓生・地元の方々で囲むことになった。小中学校は今廃校となっているだけに下笠君の思いに涙する。ふるさとの未来を語りあい、とても盛会であった。

中村やす代さん(霧島市国分)から頂いた似顔絵です。
「研究熱心な表情を描きました」と添え書きがありました。

《第16回》

水

雨霰《あられ》雪や氷と隔《へだつ》れど落つれば同じ谷川の水

という歌がある。冬は静かな季節、日本列島は寒さに耐えながら春の芽を待っている。今年は六月に北海道情報大学で小さな研究発表をするので、暮から正月にかけ連日準備で忙しかった。

農村育ちの私は落ち着いて机に向かうのがあまり好きでない。孫が幼い頃は、家族八人乗りの自家用車でかけまわる正月だったが、今年は原稿締切一月八日、四百字詰七十枚の草稿は四月には活字になる。受験生の孫と同じ気分になってしまって、社会人としては冬眠生活だった。年賀状の宛名書きも中断のまま越年と相成った次第。

賀状挨拶は多少遅れても初詣だけは数ヶ所、夫婦で出かける。静閑な高屋山上陵、産土神居給う有川の飯留神社、実家の墓参等で心を清める。鹿児島神宮で求めた『かごしま暦』を開いてみると七赤金星は運気上昇の年と出てきた。「節度と良識を守って過ごすことが肝要」とある。

正月、絵手紙仲間の宮下敏子様から袋でみかんを拝領「ホンノ一《ヒト》ッゴアンドン」とメモが入っていた。方言には人情味・真実味がある。私の調べた静岡県出身の教育家松本亀次郎は若き日佐賀県方言辞典の編集で世に認められ、嘉納治五郎らと日本語学習のテキストをつくり、北京では大学の教壇に立った。帰国後、東京神田に「日華同人共立」を冠する学校を創設、やがて習いに来た周恩来と波長が合った。二〇一九年三月三日には周さんの人物像が届くので郷里掛川で友好のお祝いがある。私も顕彰会顧問として出席、中国の方々とも交流できる。ありがたいことだ。

戦前上海《シャンハイ》には東亜同文書院なるユニークな殿堂があった。その27期生に溝辺小から旧制加治木中を出た田中守造がいる。大変な努力家で「同胞よ支那を正しく視よ」という提言を残している。軍人や政治家たちが中国人をチャンコロ呼ばわりしていた風潮に真向から反論した。その勇気ある発言の根本に鹿児島の文教的風土を感じるのはなぜだろう。田中は僅か24歳で病死したが入念な日記を遺していた。溝辺小での担任・松山績《いさお》先生の影響を受けている。

真の愛国心は、国際社会で互いの国や文化を尊敬しあうことから芽生えてくるのではないだろうか。松本や田中が学んだ学校や書院はもうないが、永久《とわ》の清水というべき世界平和への願いを後輩の我等もしっかり受け継がねばならぬ。

福島県伊達市の阿部孝喜氏より頂いた絵手紙

《第 17 回》

仁

一月末日、島津雨の中鶴《つる》嶺《がね》祭《さい》に出席、山下師の薩摩琵琶「松囃《まつばやし》」を味わい、霧島市薩摩義士顕彰会を代表して玉串奉奠をさせていただく。式の前に島津修《のぶ》久《ひさ》翁の研究室を表敬訪問、お茶をいただきながら新上橋付近の島津文化住宅が話題にのぼった。「稲盛和夫さんは原良町だったらしい。あなたは薬師町が出生地ですか。住宅地付近は甲突川の浚渫《しゅんせつ》で造成された所ですョ」。

疎開先の勉強室に「捨てりゃ屑でも生かせば宝」が貼ってあった。少年時代は長老たちの導きで家や集落の掃除をする習慣が育てられていた。牛や鶏の世話は喜んでやった。節電運動や新聞配達、毎月の墓掃除などは子供会にも責任を委ねられている。七草祝や花見、七夕十五夜、盆暮れの大掃除等々には全世代が力を合わせた。中高卒業後バラバラに散らばってしまった竹馬の友、皆元気だろうか、田園文化の風景が懐かしく思い出される。

今、地元では、新市の社会教育課が主催する「霧島アカデミー」で環境問題を考えるため、視察研修を企画、しらさぎ橋ヨコのリサイクルセンターを入念に見せていただく。資源再利用の作業をきちんと進めておられた。幸い、私たちの住む集落は井上弘公民館長のリードよろしくゴミ処理はきれいになされておりホッとした。

これより先、溝辺の竹子《たかぜ》に開校の霧島生活農学校(萬田正治氏主宰)で「いまなぜ小農なのか」をテーマに小討論が続いた。県外からの入学生も含めて賑やかな文化サロン、その中で家族や世帯の在り方が話題となり、過疎高齢少子化社会や地方地域の再生実情をどう据えるか、真剣に語り合う。

都会で学んだことを参考にしながらもUターン後早や40年、田園で学びとった知恵はどんどん増えてゆく。人間・自然の「環境」を整える中で、真の愛郷心が育てられていくのかも知れぬ。

増健・食農育をベースに国際観光文化立市を宣言している霧島市、おかげさまで、私たちは心の澄んだ仲間づくりの中で「友愛の花」を随処に咲かせつつある。

先般日当山せごどん村がオープン、津田和町長時代、大学の周辺にも温泉つきの生涯学習センターやギャラリーをつくりたいナァと語り合った夢が一つまた一つと叶ってゆく感じでうれしい。

空港前の西郷公園和室には「仁」でまとまる漢詩が掲げられているのをご存知だろうか。

《第18回》

愛

立春と立夏の中葉を春分という。太陽は真東から昇り始める。そして清明——万物が清新の気に満ちていく。四季の歌に「春を愛する人は心清き人」とある。

父祖の地に中世の山城が眠ってることに気づいたのは昭和五十年代であった。地元の有志と語り、城《しろ》博士三木靖先生をお呼びして「竹山城」探訪をしたのが２０１２年３月７日、県内各地から約50名が集まった。その光景は自然と歴史とのコラボ、ふるさとと愛の一表現だった。

大学院の頃、教育哲学演習で学んだ「愛」……アガペーとエロス、ラブとフィラインといった概念を示して下さったのが石井次郎教授、ドイツ人ブーバーIch und Du「我と汝」の原書輪読をふと思う。

ようく考えてみると、人間には天を神を上をめざし秩序正しく序列を決めたがる本能があるらしい。祖国統一や国造りという目標を悪いとは言わないが、本来人間に国家に優劣はあるのだろうか、日常生活に格差があっていいのか。アガペー的愛がとても大事であると教わった青春の日々を思い出す。

そもそも、真実の学問、道徳、芸術の美しさとは何だろう。いよいよ傘寿に達しようとする昨今、自分をふりかえる。

妻が主宰する二見塾で、二〇一九年一月末、感謝状を贈り合う「遊び」をした。私には鹿屋の樋脇佐愛子女史がこんな文面を読みあげた。「……あふれる愛をのせて溝辺から放たれた矢は、大隅のすんくじらに住む私の心をも射ぬきたくさんの夢をみさせて下さいました。絵手紙先生と出合って下さり本当に有がとうございました。(若干字句の修正あり)……」

先日、静岡から佐藤博明学長が来宅、北海道出身だが、奥様のことを著作の中で先生は「かけがえのない伴走者」と讃えておられる。

わが家は今、県内を中心に全国交流、友愛の花を咲かせる人生を絵手紙で築きつつある。霧島連山の見える丘に立ち、真善美そろった社会をめざしているわ

久保徹雄さんから頂いた絵手紙

感謝状授与儀式（二見塾）2019.1.25

けだが、先人の偉業を学び、敬愛をもって周囲と交わっていると感謝の気持ちが自然とわいてくるようで不思議だ。

　西郷・大久保・木戸・勝を目標にされたという嘉納治五郎翁は「文武不岐」の哲学を世に示された。行年七十九、私も今この齢に達している。

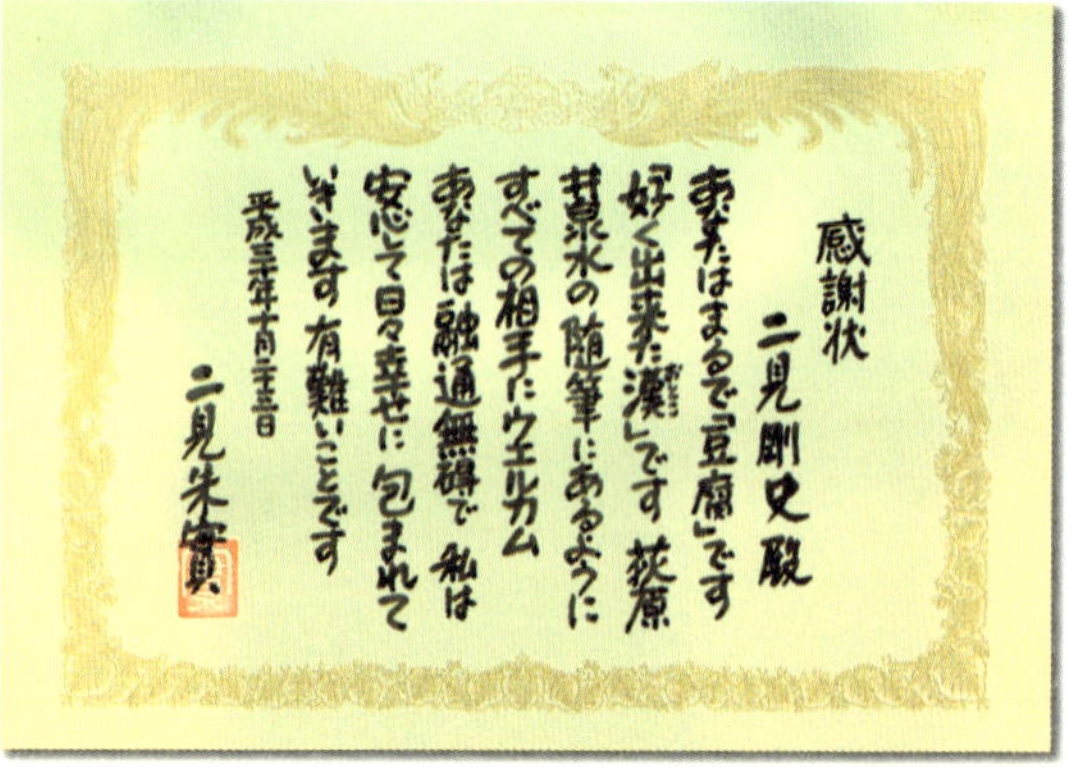

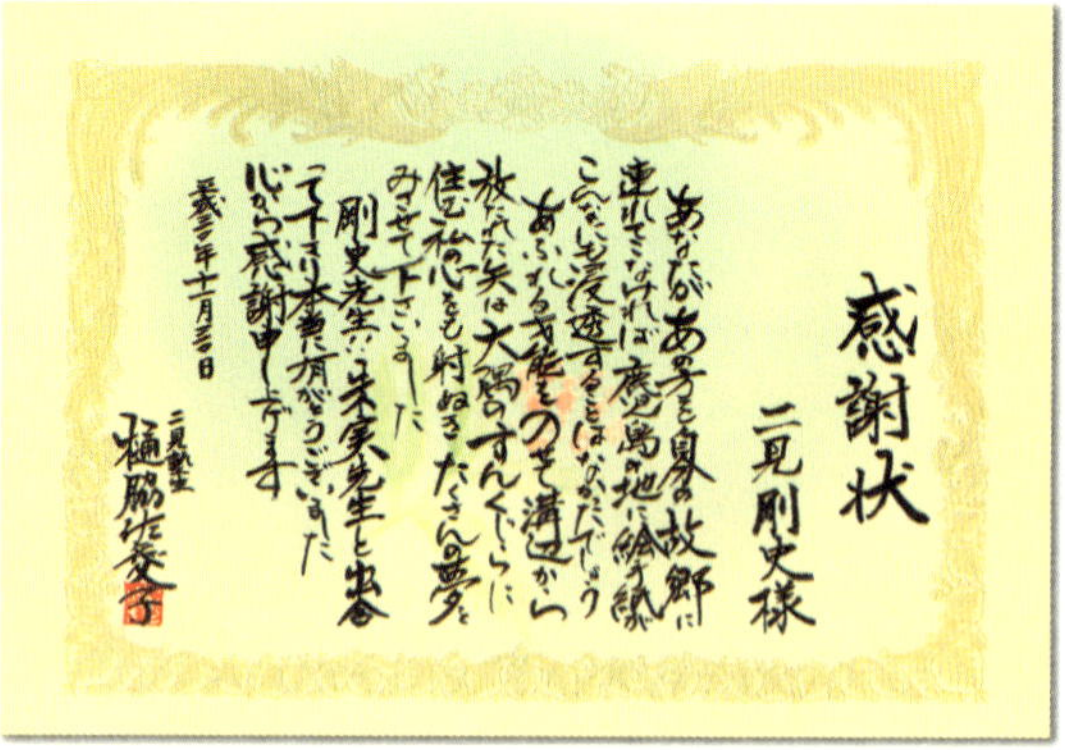

わが恩師への感謝

私の青春時代は、九州～関東ときて、落ち着いた所がふるさと鹿児島であった。

この間、数多くの恩師・先輩・同僚や仲間に恵まれたが、特に九大ゆかりの恩師から受けた励ましは筆舌に尽くせぬものがある。

志學館大学では、六人の学長にお仕えすることになったが、とりわけ中村末男先生から受けた学恩は大きい。

ここに諸恩師に捧げた感謝の献辞を再録させていただく。

（二見剛史）

「一事が万事だよ　君!!」

一

昭和四十九年四月、国立教育研究所の史料センターから日本大学へ異動する時だった。私は新しい職場から求められた保証人を、平塚益徳先生にお願いすべく所長室を訪問したのである。

「教育百年史編集事業では良い勉強をさせていただき有難うございました。」

「君には九州から上京したばかりで色々と苦労もあったと思うが、良い先輩や研究仲間が増えてよかったね。」

「日本大学では平塚先生の推薦ということで大事にしてくださいます。本日は保証人をお引受けいただきたいと思ってお伺いいたしました。」

ひとしきり挨拶のあと、書類に署名捺印をしてくださることとなった。

「保証人は二名連記となっているが、もう一人は誰に引受けてもらうのか。」

「〇〇氏にしようかと思っています。…」

その時だった。

「君!!　その言い方は間違ってるぞ。保証人になってくださる方に対して、誰々にしようかとは何事だ。誰々にお願いしたい、と言うべきではないのか。」

「……………」

「世の中は一事が万事だよ、　君!!　気をつけろよ。」

いつもの温顔からは予想もできない険しい表情で諭してくださった先生。背筋の寒い思いで立ちすくんでしまったあの一瞬を、私は今なお忘れることはできない。先生は、その時、人間にとって最も大切な徳の基本、誠実さ・謙虚さを教えてくださったのである。

日本大学総長鈴木勝先生への推薦状には、「私が全責任をもって」の一節がある。弟子を世に送り出すにあたって、細心の配慮をしてくださった恩師平塚益徳先生。なつかしい思い出も多いなかに、あの一瞬だけは深く脳裡に刻まれている。そして、その一刻は値千金の重みをもって爾来私の人生を支えているように思う。不肖の弟子、それ故にまた、高師への尊敬の念が刻印されているのかも知れぬ。

二

思い起せば、平塚先生のお名前を初めて耳にしたのは昭和三十三年の夏だった。鹿児島県立加治木高等学校を卒業して浪人の身を福岡市の予備校英数学館に委ねていた私に、古稀に近い父から長文の便りが届いた。

「先日、校長の久保平一郎先生がわざわざ溝辺に見えて、……九州大学には平塚益徳という立派な教育学の先生がおられる由、小原国芳先生の全人教育にも大変理解をもっておられるとか、……九大に的をしぼってみたらと言われている。……」

小原先生と師範時代同期だった父にとって、末っ子が教育界に進んでくれることは畢生の願であったと見える。当時、父母の生き方に批判的な態度を表明していた青年前期の私ではあったが、いざ親許を離れてみると、ふるさとが無性にこいしくなる。あの日も、父母の真情が行間に溢れている便りの一文字一文字を忠実に追っていたのであろう。

かくして、九大受験。「オヤジヨロコベ・タケシ」と打電した合格発表の日の祝い酒は、格別であった。

東京志向の強い鹿児島から北上、結局姉たちの住む福岡に滞在することになったわけだが、それは父の一言で決定したようなものである。「永しへに生きよ老父母《ちちはは》、吾は今未来の夢に羽搏たかむとす」の一首を贈り、教育学への果てしない夢を追っての大学時代が開幕した。

六本松の教養部では、平塚先生の講演を後方の席から拝聴する程度で時は過ぎ去った。旧制福岡高等学校の古い建物がそのまま私共の教揚やサークルの部室として使用されていたのだが、最近訪ねてみると昔日の面影はない。学園祭のとき、平塚先生がかつて水戸高校で勉強された頃の思い出を語ってくださった教室はどこだったろうか。のちにライフワークとなる旧制高等学校研究のための素材も色々提供してくださったように記憶するが、今はもう夢の中である。

三

松原の学部に進学して、平塚先生に直々御指導を賜わる機会が巡ってきた。しかし、「空飛ぶ教授」の異名よろしく、月のうち半分は上京されていた先生である。したがって、直接の御指導は井上義巳先生から受けることが多かった。それでも、井上先生の御配慮よろしく、仲間数人と一緒に平塚先生から御指導いただく機会は要所要所に設けられていた。勿論、平塚先生の講義は積極的に受講した。当時のノートを繙いてみると、ユダヤ、ギリシャ、ローマにはじまり、欧米、ソ連、アジアそして日本へと古今東西にわたる教育史的事実を書きとめている。ラサールに関する英文の本を貸してくださったが、充分読みこなさずにお返しした苦い思い出もあった。鹿児島の郷中教育について調べるよう命ぜられたこともある。

大学三年の夏、学部学生を中心に学生論文集を創刊した時、巻頭言は平塚先生にお願いした。その中に「本学部に学ぶ若き学徒の学的情熱の結集として、本書が成ったことは、たとえそれが未熟で習作の段階に止まるものが多いとは云え、日本教育学界に、西南学派の学統を樹立する為の一礎石として、その意義は少くない」のくだりがある。B５判約百頁の論文集は必ずしも好評ではなかったが、「内容はともかく、君たちの意欲は立派だ」と先生は言われた。

四

国立教育研究所内の史料センター研究員として、私を招いてくださったのは九州大学助手二年目の春であった。学制百年記念事業の一環として企画された『日本近代教育百年史』編集事業に参加する機会を与えられたのである。東都への旅立ちは、父を失って約一年、新家庭を築いてまだ数か月も経たぬ頃の思いがけない出来事であった。

研究所では百年史事業がすでに開始されていたが、五年先のことだというわけか、ゆったりした雰囲気の中で基本史料の収集整理を中心に計画が練られていた。平塚先生も時折会議に出席され、所長としての立場から発言されていたが、運営の実際は日本教育史研究室に一任するという態度を貫かれた。国立教育研究所は文部省の外局的存在ではなく、一般大学と同様に学問を深めるための研究機関であるという平塚先生の持論が内外に認識され浸透しはじめていた。したがって、諸会議の内容にはアカデミックな色彩が強く、毎回私なりに有意義な耳学問をさせていただけた。平素、先生がいわれていた教育学研鑚の土俵づくりは、各方面に亙って進行していたように思う。

もし、そこに考え方の相違が生じたとしても、根抵には研究の歴史的社会的使命が自覚されていた。「教育爆発の時代になりました。私はじっとしておられないのです。……」先生はよくそんな話をされた。

五

昭和五十五年三月、私は横浜駅から地下鉄に乗りかえて平塚先生のお宅にお伺いした。書斎に通されたが、かつて福岡市香椎に居られた頃お見かけした風景と同様、机の上には各種の文献や資料が山積みされていた。ただ『日本近代教育百年史』全十巻が、宝物のようにきちんと並べられていたのが印象に残る。

「いよいよ郷里に帰るんだね。お母様が喜んでおられるだろう。創設期の大学は苦労も多いがやり甲斐もある。一所懸命頑張ればおのずから道は切り拓かれるよ。期待しているよ。」

思えば、その日が平塚先生の謦咳に接しえた最後であった。帰郷後の雑事にかまけて、学会等への出席をしばらく怠っていたからである。空路にすれば鹿児島東京間は二時間もかからない。特に、先生主宰の世界比較教育学会と世界教育日本協会（WEF日本支部）の五十周年記念大会には無理してでも参加すべきだったと悔やまれる。後者では顧問である先生から「新教育とユネスコ精神」についてご講演をいただいているが、そのときの記録『教育新世界』第十一号を繙いてみると、国際教育・生涯教育と並んで「環境教育」の問題がとりあげられ、地球全体の環境悪化を防ぐためには物心両面にわたる生活態度の刷新が肝要であると主張されている。

「われわれは乱費・浪費の生活を反省して一刻も早く自然と調和した生活を送るべく努力しなければなりません。こうして環境教育は結局、道徳教育につながってきます。かつての英国の自然詩人ワーズワースの『思いは高く、生活は簡素に』という人生の理想を、世界的規模で、新たに追求すべき時期に来ているのではないでしょうか。」

二十年ぶりに帰郷し、雄大な霧島連山や波静かな錦江湾に浮ぶ桜島を朝夕眺められる環境に戻ってみると、この前まで足を踏み入れていた大都会の雑沓がまるで嘘のように思えてくる。今、先生と再会し、この所感を述べたとしたら「残されている緑の地球を守りぬくために君はどういう教育を進めるつもりかね」と即座に質問されるにちがいない。

日月の刻みは速い。生涯の師平塚益徳先生の鴻恩に報ゆるためには、私一代の時間はあまりにも短かすぎるであろう。先生のお導きによって活路を見出すことができた一学徒として、先生の高邁な識見に学びつつ、次の世代への橋渡しに精出さねば、と心を新たにしている。

「師よ永しへに、そして安らかに」

平塚先生、有難うございました。

出典『追憶　平塚益徳博士』
S57・5・10発行

From the Faces to a Sphere

モラロジー研究所出版のシリーズに「歴史に学ぼう、先人に学ぼう」があります。数年前、岩橋文吉先生宅訪問の折、「二見君、歴史はね、人物に始まり人物に表現されるものだよ。心に刻んだ人のことを君も書いて応募してごらん」と勧めてくださいました。私は、早速ライフワークにしている中国人留学生教育の父・松本亀次郎の生涯をまとめ、研究所に送付、運よく採用されて本になり、先生にも喜んでいただきました。

岩橋先生に著作や論文、エッセー等をお送りしますと、三日を待たずに返事が届きます。また、年賀状のお言葉はその年の目標になっています。いつの日か恩師のことを書かせていただける日があるかもと念じてきました。

このたび、追憶の一文をと呼びとめられ、岩橋先生への感謝の気持ちを抱いておられる諸先達と共に、受けた大恩を言葉にできることは、弟子として無上の喜びです。先生ご夫妻に対する御礼の機会を与えられ、湧き出る涙をおさえることができません。

岩橋先生!!今、どうしておられますか。

学生時代をどんな雰囲気で過ごせたかが、その人の生き方や人生観に影響を与える度合いは大きいと思います。九州大学教育学部は同期より同窓のつながりが強かったようです。私たちは学部学生の頃から「教育学懇話会」に参加を許され、先生方の海外視察や留学体験、現場の諸相や古今東西の教育思想など、若者にも多くの刺激を与えてもらいました。外国人を呼んでの研究会で、岩橋先生がきれいに通訳の労をとられた風景もありありと思い出されます。

私が就職を断念して大学院に進学した時でした。岩橋先生による「君の語学力はまずまずだよ。自信を持って研究に励みなさい」の一言は終生忘れられません。教養部時代に語学教師から「君の英語表現はブツキッシュだ。会話はもっと軽快に」と諭されていたので、その後フランクな気持ちを育てようと努力しましたが、大学院進学後、日本教育史を専攻したこともあり、外国語の原典講読にはかなり悩みました。「バイリンガル、トリリンガルな世界で研究をすすめなくては皆に伍してゆけないのだ」と悟らせてくださる中で、私も私なりに小さな努力を続けてきました。

Just looking な段階とはいえ、これまで二十数か国・地域を巡回し、地球市民としての自覚を高めることができました。そんな折々の報告を先生も喜んでくださいました。幸い仲間と交流できる力量を維持できたのは、特に岩橋先生の励ましが大きかったのだ、と感謝しております。

先生ご夫妻は日本的伝統も大事にされていました。結婚したての頃、和服姿の妻とお伺いしましたが、御自宅の茶室でおもてなしを受けたこと、終生忘れられぬ思い出です。「あなたはまるで小学生みたいに喜んでいたわね」と妻に言われます。昭和丁未の春、岩橋先生ご夫妻からは成婚祝いにこんな言葉を書いていただきました。

そしてすべてを忍び、すべてを信じ、
すべてを望み、すべてを耐える　　　岩橋文吉
（コリント第一、十三章）　　　　　　　ゆり

昭和五五年、東京から鹿児島へUターンのチャンスをつくってくださったのも岩橋文吉先生でした。「有馬純次先生が創られる新大学だから、きっといい環境になると思うよ。それと郷里で親孝行もしっかりできるわけでしょ。……」と背中を押してくださったのです。

鹿児島には「古への道を聞きても唱へても我が行ひにせずば甲斐なし」という島津日新公《じっしん》の伊呂波歌があります。理論と実践の調和がその極意でしょう。私たちは、幼い頃からこうした教えの中で育てられました。その観点から岩橋先生のご生涯を眺めます時、教育理論を実践現場の方々と一緒になって深められ、人間力溢れる社会貢献をされた先生の崇高なお姿がきちんと見えてきます。

先生は鴻臚会(九大同窓会)の命名者でもあられます。地球市民が時空を越えて集まれるような母校の仲間づくりが、後輩たちに課せられた課題なのではないでしょうか。岩橋山脈に並ぶ私たちが、今、これから、どんな形で、理想の社会を創ってゆけるのか、見守っておられると信じます。

師よ、永久《とわ》に清水《しみず》を!!

岩橋先生、ありがとうございました。

出典『晩鐘――岩橋文吉先生追憶集――』

二〇一一・八・一一発行

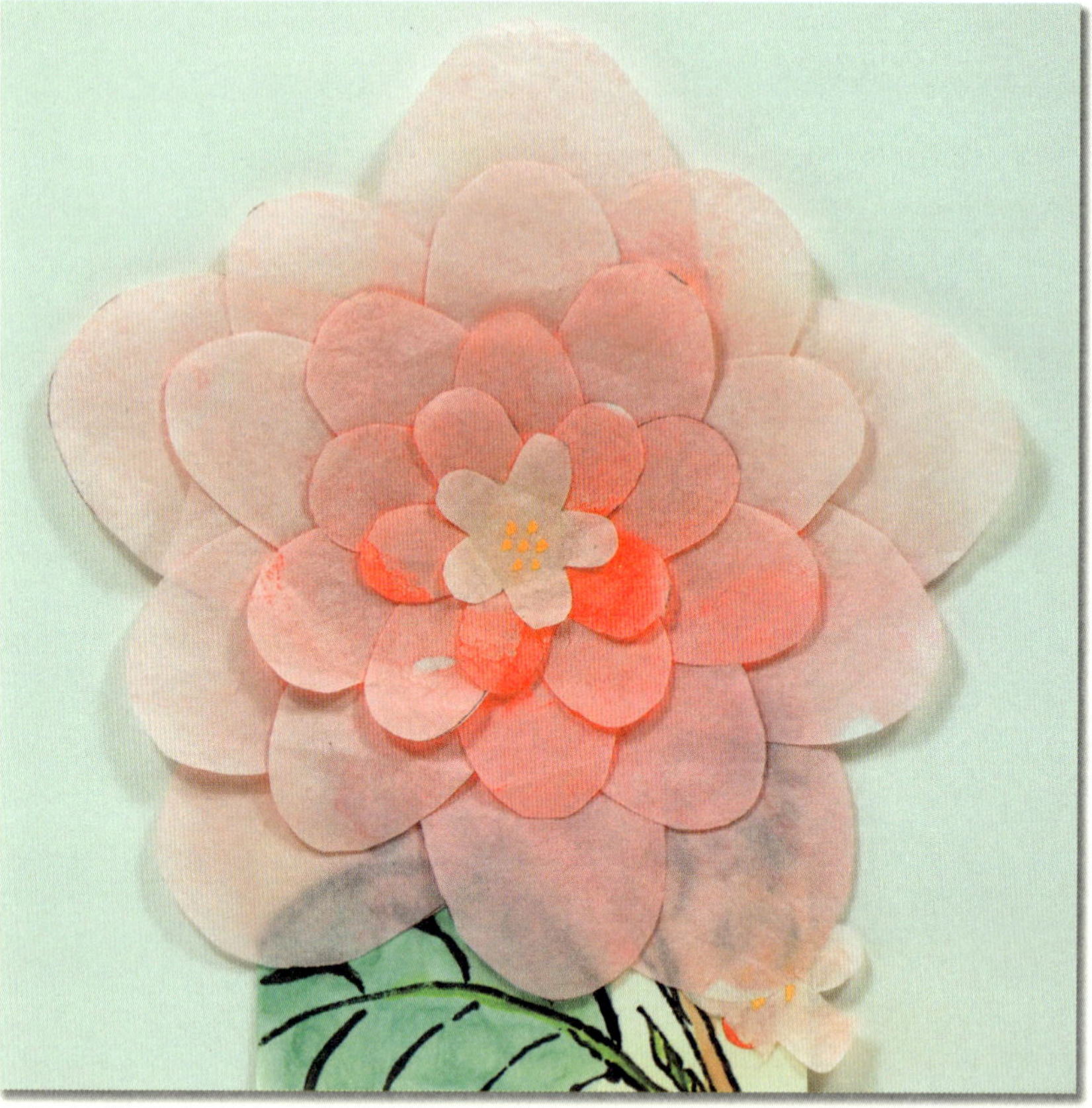

黒坂直子さんから私宛に贈られた絵手紙風の立体的な作品です。

相互敬愛の世界で

古味堯通先生の文章に「昭和という激動の時代、国民は誰もがその渦中で必死に生きてきた」という一節があります。元号が平成に変わって四半世紀、大船渡出身の新沼謙治が深夜便で歌っている「今きたよ」の中にも「過ぎた昭和の夢」(掛橋わこう作詞)とありました。最近、名古屋の樹林舎が全国各地の「昭和」をアルバムにして刊行中ですが、私も鹿児島で「霧島・始良・伊佐」版の監修を引受け、戦前・戦時中・戦後の写真を編集しました。私たちは昭和期前半の遺産を確かめながら、恩師平塚益徳先生が常日頃言明されていた「召(使)命感」を受け継ぐ世代なのです。

古味先生とは一まわり違う私、年齢的には阿部洋さん権藤与志夫さんらの先輩格、皆で快く私たちを導いて下さった方々のお一人です。「相互敬愛(mutual respect)」あってこそ、研究も事業も成立するのだという哲学を学ばせていただいた母校、古味先生ご逝去の知らせは涙をこらえきれない、悲しい、さびしい気持の中でお受けしました.追憶集の一隅に同窓末弟として書かせていただけるのは光栄であり、大恩に感謝する意味でここ数カ月思い出を辿りました。大きさに比べて文面は小さくなってしまいますが、どうかお許し下さい。

古味先輩は「旧制高校最後期の哲学青年」「現代社会との知的格闘の勇士」と評価されています。ブルーベッカーやホームズといった学者にも接し、グローバルな世界に生きておられた研究者でした。私たちが六本松で学んだ頃の母校には旧制福岡高の宿舎がそのままサークル部屋として温存されており、先輩たちもよく遊びに来ておられました。アカデミックな学問への姿勢を学んだ私たちですが、身近なところで先輩方との語らいが教養の血肉となっています。広く論理思考や語学の力を重視しながらも、その上にある「人間力」の涵養が大切だと気づかせて下さいました。

私が大学院博士課程から助手に就任し、色々と悩んでいた矢先、平塚先生のお導きで国立教育研究所史料センターに転じ、東都全国の若手研究者・先達との本格的交流をさせていただいたのです。天にものぼる気持でした。

昭和四十二年五月十日、博多駅を発とうとした時、研究室仲間・家族の列を押しのけるように近寄って「二見君、頑張れよ」と力強い握手をして下さったのが古味先輩でした。あの時の励まし、友情の有難さは終生忘れません。前年結婚式の前に下さった色紙には「教育は愛、結婚とは奇跡だ」とありました。

その後、折り折りにお会いする機会もあり、大宰府天満宮のすぐ近くに義妹が嫁いでいるので先生宅を表敬訪問させてもらいました。部屋いっぱいに鉄道模型がひろげてあり、.夢の世界で遊びの哲学講義、楽しかったです。九州教育学会の理事会で古味会長が上手にリードして下さったことなども思い出されます。(私は鹿児島県代表の理事でした。)

平成六年八月、NHK・ETV特集「日中の道・天命なり 日本語教師・松本亀次郎」出演の折りにはこんな感想を寄せて下さいました。

「お知らせを拝受したものですから仙台の学会行を一日遅らせて拝見し、興味を持ちました。学兄のやさしい話し口はよかったと思いますが、黒子のクルーに話しかけられた一場面があったようでした。

扨、大アジア主義者とでもいえる戦前の日本のある種の人々の思想と行動をもっと総括する必要があると思いますが、学兄のお人柄はぴったりだと思います。　草々」

先日は越年家族旅行で佐賀平野を走りましたが、かつて佐賀大学に在職されていた古味先輩が手を振っておられるような気持がしました。

歳月人を待たず、ペスタロッチもデューイもすばらしい理論と実践を世に残して天に召されました。私共の研究室からも、古味先生のようなすばらしい哲学者が生まれてきたのだと信じております。

米寿を前に人生を全うされた古味尭通先生の御冥福を心よりお祈りして献辞とさせていただきます。有難うございました。

出典『追憶　古味堯通先生』

二〇一五・六・二四発行

霧島っ子たちと野外研修（志學館大学在職時）

讃仰・顔施七功徳

「顔施七功徳」の中に、笑顔は「平和をかもし、心を清浄にする」「宗教心を育て、生きがいを生む」とあるが、故中村末男学長はその笑顔に接するだけで心和む、誠に不思議な存在感のある方であった。

ご縁を得てこの十数年間、同じキャンパスで過ごさせていただいた私達の心は、今も尚大きな悲しみに打ち拉がれている。つい最近まで、正気溢れる語らいができた間柄なのに、嗚呼、もう偉大なる先生の謦咳に接することはできないのであろうか。

わが日誌を繙きながら、学長語録をかみしめてみるのも、先生への感謝を表すことになろうと思う。あの日、あの時が、懐しく思い出される。先生の在りし日の一言一言は、実に永遠の光となって私の心を揺さぶる。

昭和五十八（一九八三）年三月、鹿児島女子大学では第一回卒業式を迎えた。昭和五十四年開設以来、初代有馬純次学長、二代今村武俊学長に続いて三代目であったが、就任間もない中村学長の式辞は、参列者一同に深く大きな感動を呼び起こした。

「物事は色々な面から眺められますね。桜島の美しさは時刻や場所によって異なるでしょう。さあ卒業です。大学で身につけた教養を更に幅広いものにして、自分を発見し、真の充実感を味わって下さい。」

私は、先生の話しっぷりとその内容に、すっかり魅了させられてしまった。続いて、四月の入学式では研究者としての本領が発揮されていた。

「科学と経済の力で豊かな世界が築かれてきているにも拘らず、人間社会は一向に良くなりません。そこで、真の学問とは何か。この大学が目指すものをしっかり理解して下さい。錦絵を見るような環境の下、人生で最も充実した学生時代を送ってほしいものです。よき指導者を持つ本学は、関係者一同心を新たにして進まねばなりません。」

鹿児島大学・大分大学・鹿児島女子大学と学長職三連投の記録は世界広しといえども容易に打ち破ることはできまい。創立まもない本学としては、まことに時宜を得た名投手を戴くことができたわけである。しかも第一期生から中村学長直々に卒業証書を授与されたのであり、教職員の志気も鼓舞されたといえよう。

爾来十余年、入学・卒業の式辞に、新鮮な感動を覚えながら、学生たちは学業に励み、巣立って行った。そして、私共も学徒としての自覚を毎年更新させながら、中村学長を中核として大学づくりに前進したのであった。

学長語録を続けよう。昭和六十一年の元旦、実践学園年賀式の折には次のように仰言っている。

「虎が広野を駆ける気持ちで、うるおいのある文化をみんなで創りたいですね。」

年賀式は「学園一家」の連帯感を育てる場として大事にされ、私も志賀フヂ先生にご挨拶できる機会として毎年出席させていただいたものだった。お年玉を貰って照国神社に初詣をして帰ったあの日あの時が懐かしく思い出される。

平成二年の学内成人式では、

「平和な日本で世界の幸福を考えて下さい。自由の意味、責任の大切さ、科学技術に資本と知恵を費やせる日本の現状に皆で感謝しましょう。」と励ましておられる。

中村学長は理学博士、したがって、お話の節々に「科学技術の進歩」を入れておられた。「基礎科目に着目」「近き将来、東京ニューヨーク間は二時間半の距離」「ノーベル賞の多くは二十代の能力」「長岡半太郎・木村栄博士の話」等々、純粋に科学者としてのひたむきな学究的発言であり、若い世代への励ましであった。

先生は、宗教についても造詣の深い方であった。忘れもしない。昭和六十三年一月中旬、私は学長室で一冊の本を拝領した。鹿児島香草会発行の『讃仰清沢満之先生』である。Ｂ６判三十頁の小冊子だが、暁烏敏の作歌五四首に続いて「絶対他力の大道」「我が信念」と題する口述筆記が収められていた。清沢先生は幼にして「人に教ゆる性あり」て、「眞實明にましませば、會へば頭のさがるなり、廣大會にましませば、會へば抱かるる心地せり」と讃仰されている。私の脳裡には、今、お二人の心が重なってくる。私の家も浄土真宗なので、父母らの命日には読経につとめているが、先生の教えは爾来心の糧となり、励ましとなって生き続けるのである。

第七回学内キャンプ(昭和六十三年六月下旬)の風景も懐かしい。中村学長と星空を眺めながらドイツ語で「菩提樹」を高唱した。また、七高寮歌「楠の葉末に」(大正五年作)も共鳴した。「そは永からぬ三年かし、さわれ床しき若人が、霊と霊との結びては、何時かは解けむ永久《とわ》に、君な忘れそ楠蔭の、南の国の起き臥しを」、まさに魂の結び合う境地であった。

「自然の中で、じっくりと人間形成、そんな理論を大事にした教育学は如何ですか……。」

銀杏並木を賞でながら、ある年の師走下旬、昼のお散歩にお供した時のお言葉であったが、これは、私に対する「永遠の宿題」だったのではなかろうか、と今にして思うことである。

世俗を超越しつつも現実に寄与する、学長たる者はかくあるべしとの教えを示しておられたと思う。その前に、人間としての在り方生き方を笑顔の中に表現されていたのではなかろうか。偉大なる教育者であった。

「大学は、皆で力をあわせ、しっかり育ててゆきます。どうぞ見守っていてください。」

走馬灯の如く駆けめぐる想い。師よ、とこしえに、そして安らかに、合掌。

出典　『中村末男先生――学長として、人間として――』
一九九七年七月　発行

〔追記〕
砂川恵伸学長にお伴して始良郡蒲生の晋哲哉町長を表敬したことがある。私は学生部長として同伴した。
その時のお約束で後日蒲生町から大楠が届いた。キャンパス移転で心配したが、その後紫原キャンパスにきちんと移植されている。（二見）

落穂拾いの人生

ふるさとのシンボル── おきなぐさ──
わが家の庭にも8株ほど根づいています。

Uターン、落穂拾いの人生

「アタイガタメイ、モドッコンデンヨカタッド」と母は言った。

昭和五十四年、鹿児島女子大学の開学にあたり、郷土出身の若手研究者として私を推薦された方がおられた由。これは、その話を受けて帰郷の決意をし、八十路《やそじ》で独居生活を続けているわが母に知らせた時の息子への反応である。

当時、私は日本大学教育制度研究所に講師として勤務していた。九州大学助手から国立教育研究所教育史料センター研究員になったのが昭和四十二年、恩師・平塚益徳博士の膝下で「日本近代教育百年史」（全十巻）の編さんに参画、その大事業も一段落したので、日本一のマンモス大学に居を移し、五年ほど経過していた。

卒論テーマ「わが国における近代的大学の成立過程」がきっかけで、百年史では高等教育分科会に配属され、寺崎昌男、麻生誠、天野郁夫、佐藤秀夫といった一流の研究者たちと土俵を共にさせてもらった。また、運輸通信産業教育史の執筆にも加わり、文部省以外の技術者養成史の発掘にも微力を尽くした。今、静かに振り返るとき・百年史事業に従事した青春の日々がありありと懐かしく思い出される。

「研究の方法は大体身につけただろうから、郷里の新設大学で頑張ってみるのも良いのではないか」

「君ぐらいふるさと想いの人間も少ないよ。お母さまもきっと喜ばれると思うよ」

‥‥異口同音《いくどうおん》に帰郷を勧めてくださる先輩たち。家庭では二人の小学生の父親としてＰＴＡ会長に推され、妻と一緒に郊外の団地で地域活動の実体験を楽しむ日々であった。

Uターンは、まさにわが人生の転機となったのである。東京時代最後の半年間は・母を呼んで五人の生活を楽しんだ。その間に運転免許を取得、親戚・知人も適宜招待し・小旅行も幾度か企てた。そして、準備万端、喜び勇んで帰郷したのである。


私は十人きょうだいの末っ子、今はもう四人しか生きていない。(令和元年現在では二人)男子相続を重んずる日本の伝統に鑑《かんが》み、末っ子の弟が親の老後を直接見ることになったので・姉たちは安堵《あんど》したらしい。「わたしのために帰って来なくても」と言っていた母も、帰郷後は何かにつけ私を頼りにしはじめた。集落の諸会合にはほとんど母の代理で出席、父の他界(昭和四十一年四月八日)後、小作に出していた水田も返してもらった。

昭和五十八年、米寿祝には母の同級生を筆頭に、親戚・知人約百名を招待したが・その記録をもとに『卒寿記念誌』も三年後に出版した。

母には晩年「逢へば皆もの言ふくれる嬉しさよ心やさしき村の人びと」(サト)という詠歌がある。平成元年十二月二十七日、母が九十五歳で天に召された時、私は早速、この歌を色紙にして弔問者への答礼とした。揮毫《きごう》はわが恩師(溝辺小学校五年生時代の担任)法元康州先生にお願いした。

小原国芳先生を師範学校時代の同期生に頂いていた父、天寿を全うした母を持つ私たちは、この世で最高の幸せ者だったと思う。両親と別れて以来、朝夕遺影に合掌しながら、父祖の地を守る生活が今着実に進んでいる。

春は筍《たけのこ》掘りに始まり、土手茶を摘み、梅ちぎり、びわちぎり、田植え、酷暑を経て秋の収穫、新米は毎年、姉たちや甥姪《おいめい》にも贈っている（私は「新米教師」の異名を貰っている）。これは、父母が生前していたことを真似ているだけである。それ以上のことは何にもできない私なのである。

戦後五十年、今年（一九九五）は節目の時と言えよう。私も一教師として、教壇では「平和への哲学」を熱心に講じているが、その原点は日本教育史の研究であった。『教育百年史』で「旧制高等学校」を担当したとき、中国人留学生たちを受け入れる「特設予科」に着目、さらに、その予備教育機関として日本語教育のための私立学校「日華同人共立東亜高等予備学校」を東京の神田に創設した松本亀次郎（一八六六年～一九四五年）に注目した。

彼は天性の教育者、アガペーとエロスを統一できる教育愛の実践者であった。「留学生教育は、何等の求める所も無く、為にする事も無く、至純の精神を以《も》って、蕩々《とうとう》として能く名づくる無きの大自然的醇化教育を施し、学生は楽しみ有るを知って憂ひあるを知らざる楽地に在って、渾然陶化せられ……」「日華親善は、求めずして得られる副産物であらねばならぬ……」という彼の教育論に賛同したわけだが、これは時代を超え、国境を越えて拡がる「育英」の道標であると言えよう。

静岡県の生家跡に顕彰碑が建立された時、私も招待を受けた。一九九四年夏は、NHKのETV特集番組に解説を頼まれ、取材班に同行して天津の周恩来紀念館を訪問したが、畳《たたみ》三畳《じょう》分はあろうかと思われる大きな油絵に、松本亀次郎と周恩来が描かれていた。大正から昭和の戦前期に「日中戦うべからず」を説いた松本先生の精神を体して、周恩来は新生中国の宰相に就いたのであろう。

世の中には生きているうちに名声を博する人もおれば、努力を重ね意味のある仕事をされたのに、正しく評価されず、埋没する人も多い。しかし、真に勇気のある行動をした人ならば歴史上に必ず見出されるもののようである。二十一世紀への平和哲学を説いたこんな人物に肖《あやか》る人生もいいなあー、と思いながら私は研究を続けている。

思えば、私の研究歴は、あたかもミレーの「落穂拾い」に似ている。留学生教育史が特殊分野なら、帰郷後、心血を注いだ女子教育史もそうである。先般『女子教育の一源流』なる著作をまとめたが、これは、裁縫教育・家政学の草分けである渡辺辰五郎の弟子・満田ユイ女史が鹿児島女子大学(実践学園)の校祖であることを知ったためである。女子教育研究は決して一枚岩でないことを学んだが、この分野も私のライフワークとして大事にしたいと思っている。

一九九五年四月、鹿児島女子大学に初めて韓国人留学生・金恩喜さんが入学した。彼女の勉強熱心さ、明るく誠実な人柄を通して、隣国を身近に感じている昨今である。考えてみれば、戦前日本は朝鮮半島を植民地にし、大東亜共栄圏の盟主として君臨しようとした。日本人特有の勤勉さが戦後五十年を経て、世界随一の経済大国に復興させてはいるが、平和のための学問はまだ緒《しょ》についたばかりだと言えないだろうか。
謙虚な自己反省、恵まれぬ者への理解と友情、生命への畏敬、地球環境保全への貢献等々を基軸にしながら、教育者は、子どもたちと共に考え、歩み、新時代を切り拓《ひら》いてゆかねばならぬと思うこと切なるものがある。

この四半世紀、地域社会から学びとった知恵も数多い。帰郷後四十代でお引受けした文化協会長や教育委員等の実践を通して、余暇善用をめざす生涯学習社会の理想像がだんだんと見えてきた。日本の大学も「国際化」の波を受けながら、地域社会に貢献できる存在となるよう願わずにはおられない。国際化への認識は、数次にわたる海外研修(国際会議出席と観光)により深まっていくようである。百聞は一見に如《し》かず、これからも努力目標にしたいと思う。

私の掌中にある教え子の数は、まだ何千名の段階に過ぎない。しかし、学問の扉を叩いてきた学生たちと車座を組み、人生や平和への哲学を語り続けてゆく日々の積み重ねが、来るべき二十一世紀に大輪の花を咲かせるであろうと信じている。
私の半生は、今や夢のごとく過ぎ去ろうとしているが、現実もまた夢の中にある。これからも「落穂拾い」を続けながら、世の中の隅々に愛を注いでゆく人生でありたい、と心から念じている。

出典『泉――次代への贈りもの――鹿児島県』
平成八年三月三十一日　星文社発行
二五六～二六一頁に収録

〔海外研修の思い出〕

WEF アメリカ大会参加

帰途、娘友子（大学生）とナイヤガラで遊ぶ　（平成 20 年夏）

講演「教育者谷山初七郎先生について」

加治木史談会八十周年記念誌にこれまでの講演記録を入れたいので当日の口述内容を書き出してほしいという依頼を受けました。何しろ十三年前のことなので、再現のための作業にはいささか骨が折れました。幸い、当日配布の資料が保存されており、その紹介を軸に、責めを果たすことにいたします。

（平成二十年晩秋）

講演当日の配布資料（平成七年二月二十六日）

一、「教育家谷山初七郎」（『加治木郷土誌』）
二、拙稿「谷山初七郎に光を」
三、谷山初七郎年譜
四、『柁城』刊行状況
五、谷山初七郎「愛郷の老婆心」
六、徳富猪一郎（撰）「吏齊谷山初七郎君墓銘」
七、牧暁村「郷里の先達を憶う―先生の美音―」
八、「加治木の区域」（加治木古事参考）
九、野田昇平「大加治木郷之の文化一般」

平成七年当時、私は鹿児島女子大学に勤務しており、文学部教授として人間関係学科教育学専攻主任を拝命、グローバルな視点で「日中文化交流」や「地域教育文化史」等を研究分野に置いて勉強中でした。

旧制加治木中学校の創設運動に中心的役割を果たし、後に第一高等学校（現在の東京大学教養部の前身）の教授兼舎監として全国に名声を轟かせていく谷山初七郎の業績に注目しはじめたのは、国立教育研究所教育史料センター在職の頃、昭和四十年代です。『日本近代教育百年史（全十巻）』編集事業に従事していた私は、執筆担当領域が「高等教育—大学予備教育」のため、旧制高校の全国踏査をはじめました。折しも講談社で『第一高等学校八十年史』が企画され「高等教育年表旧制高校とくに一高を中心に—」の作成依頼を受けたので、寺崎昌男氏（後の日本教育学会長）と共同執筆の形で詳細な年表をつくりました。その作成過程で発見した人物が一高の名物教授・谷山初七郎先生だったのです。

国立国会図書館で『加治木郷土誌』を繙き私たちの出身校である加治木高校の創設期に重要な役割を果たした方だと知った時の驚きと感激は今でも忘れられません。Uターン後、加治木町郷土館で地域情報誌『椛城』の存在を教えられ、同誌の随処に谷山初七郎に関する資料を発見、それまでの断片的な研究から、今ではライフワークの一つとなった谷山研究へと導かれた私でした。

第一資料「教育家谷山初七郎」で生い立ちや業績の概要を学んでから二十余年が経過しておりました。「加治木中学校（旧制）と谷山初七郎」と題する小論をまとめたのが一九九三年、『鹿児島女子大学文学部研究紀要』第十五巻第一号です。同年夏、川嵜兼孝先輩に案内され須崎霊園に眠る谷山先生の墓碑銘を筆写させていただきました。題字は東郷平八郎元帥の揮毫、左右後方三面に漢文でぎっしりと刻してある墓碑銘の選者は徳富蘇峰、書は三上参次。「後世の弟子たちがタワシであんまり磨くものだから、文字は一部磨滅して」いました。

初七郎先生の孫・谷山忠行・隆春氏に面会できたのが同年十月二日、その後、谷山家の方々とは親しく御交際をいただき、先生自筆の資料や先生宛ての文書、伝記草稿等々、第一次文献資料を拝見することができるようになりました。(ちなみに、谷山家には先生のデスマスクが大事に保管されておりました。)

私は谷山初七郎を広く紹介し世に顕彰する意義を感じたのです。同年、山形大学で開催された第三十七回教育史学会で「旧制加治木中学校(鹿児島県)と谷山初七郎」のテーマで研究発表、県内では川涯利雄氏主宰の『華』第十四号に「谷山初七郎に光を」という提言をエッセーにして発表しました。それが第二資料の経緯です。鹿児島女子大学の「研究紀要」第十五巻第二号(一九九三・一〇・二九)には「谷山初七郎に関する史料(研究ノート)」というテーマで小論を収めています。

翌一九九四年七月、谷山忠行氏から留学生関係の資料を拝領しました。その頃の私は国立教育研究所の阿部洋博士を代表とする「日中文化交流史」研究プロジェクトに参加しており、中国人留学生教育に関する研究を担当していました。大学予備教育に端を発した研究が仲間たちとの論議を介して谷山研究の深まりに連動したのです。翌年、「研究紀要」第十六巻第二号には「谷山初七郎のアジア教育認識」というレポートでまとめています。さらに、同年秋、宮崎大学で開催の第四十六回九州教育学会で、私は「戦前日本における中国人留学生教育-松本亀次郎と谷山初七郎-」と題する研究発表をいたしました。ちなみに、松本亀次郎とは、魯迅や周恩来たち中国人留学生に日本語を丁寧に教えた人物で、出身地の静岡県掛川市には顕彰碑が建立されています。

以上が、加治木史談会で講演を依頼されるまでの私の研究活動記録です。

講演当日配布した第三資料は谷山初七郎先生の「年譜」です。原典は孫の谷山忠行氏所蔵の資料、誕生から病没・帰葬までを辿ることができます。

・元治元年10・23　和田家の長男として誕生
　八歳～十六歳　第七郷校・柁城小に学ぶ
・明治12年　小学卒業大試験(県庁)で一等賞
　十七歳　谷山喜助の養子となる。
・明治14年　柁城小教員補を辞し鹿児島市に進学
・明治16年　三州義塾卒業
　二十一歳　養家のユキ子と結婚
・明治17年　東京専門学校(早稲田)法科入学
・明治19年　鹿児島師範別科卒業、訓導に。
　二十四歳　柁城尋常小・平松尋常小訓導
・明治21年　平松小校長兼訓導・船津小校長
　二十六歳　読書作文地理科の免許状受く
・明治23年　柁城高等小訓導、郁文館設立
　二十九歳　柁城ほか四校の小学校長兼任
・明治26年　県管内小学校本科正教員免許
　三十一歳　安国寺境内にて文之和尚墓発見
・明治28年　加治木中学校設立のため奔走

谷山家の方々と墓地を訪問する

三十三歳　再び上京、国語漢文を研修

・明治30年　文検に合格、加治木中教諭に

・明治31年　第一高等学校の教授兼舎監に(叙従七位)

「年譜」の中から抜粋した経歴を通読してみる時、学校制度未整備の明治期前半において有能な人たちがどのような経緯で勉学に励み資格を取得しながら世に出ていったのか、谷山初七郎の前半生はこれを如実に証明しています。後半生の年譜については割愛しますが、一高在職中は全国から集まる青年を相手に国語漢文の教師として、部活動顧問として、各種の委員として、縦横の働きをされました。帰省展墓を重ね、郷里の人たちと親交を続け「教育者谷山初七郎」の名声は天下に轟いていたといっても過言ではありません。

初七郎先生の業績の中で、島津義弘公記の資料蒐集を委嘱されたこと、東郷元帥写真帖編成に尽力したこと、広島の新庄学園の運営に当てられたこと等も注目に値します。加治木が生んだ人材の活動舞台は全国版だったといえるでしょう。

第四資料は『桛城』の刊行状況でした。大隅加治木同郷会・加治木史談会が発行者となり、明治四十年八月十五日創刊以来、季刊を原則にして続刊を重ね、昭和十九年の九十七号まで保存されております。昭和十年代発行と目される第81・86～88号の計四冊が欠本となっていますが、原本は加治木町郷土館に保管されており、後世に役立つ文化財として今後の研究に資することでしょう。ちなみに、『桛城』の内容構成は口絵・言論・通信・雑纂・史伝・詩藻等々に亘り、谷山をはじめ多くの文化人が執筆寄稿の場になりました。

『葛城彦一傳』は大正期に連載の記事をまとめて出版されています。加治木を中心に古今東西に目配りしながら編集された努力に心から敬服します。加治木の図書館は昭和のはじめに「日本一の折り紙を付されていますが、その背景には史談会の活動がありました。

第五から第九の資料は『柁城』記載の中から谷山初七郎関係を紹介したものです。講演内容をより豊かなものにしたい思いで五編を選んでみたわけですが、原版復刻の形にいたしました。

谷山初七郎先生が自ら寄稿された記事は多いわけですが、昭和二年四月の第六十六号の「愛郷の老婆心」は11頁に及ぶ大論文、東都から加治木を想う気持がよく示されています。こんな一節もありました。「我加治木町の歴史には神代以来の代表的旧跡あり。卓犖なる名君勇将の遺せる流風余韻あり。而して何事も天下に向ひ率先せる進取的の人種にして、又大局に対し突進せる積極的な人類なりしなり。故に其多くの犠牲を拂ひたること、亦他町村の比にあらず、是我加治木町の位置を一旦隅洲第一等の高台に築き上げたる所以なり。」

また曰く「町の「大事を決定せんこと中々容易の業にあらず。然れども胆長く隠忍して他に気毒と想はるゝ程熱心に事を謀る時は必ず顕著なる成効を見るに至らんこと亦疑を容れざる所なり。苛も町是一たび定まらんか、我町民は宜しく一致協力して之が断行実施に向ひ猛進すべきのみ。」「…………」「予は専ら自家の経歴に捉はるゝかも知らずと雖も殊に重きを教育に置き彬々たる有為の人材を我町より輩出して、大に国家の為に社会の為に寄与する所あり、以て我町の声価を四方に発揚せんこと中情より切望して止まざるなり。」「…………」「教育の要は精神教育に在り、人格の養成を肝要とす、其訓育、鍛練に於て、普通一般の方法にては到底十分の効果を挙げんこと難し。万事真剣を旨とし、其職に当り犠牲となるの決心なかるべからず、其の技に於て打死の覚悟なかるべからず。此の如きの人を選び、深く委任する所あらば必ずや感化の功績、顕著なる者あらん。農村振興も、産業立国も蓋し悉く含蓄せられて此中に在り。豈刻下の急務にあらずと日はんや。」

このような調子で谷山先生は郷里の後輩たちへ向けて切々と心情を吐露しておられました。愛郷無限の境地に立って精進された人生であったと察します。

資料六は「更齊谷山初七郎君墓銘」と題する徳富猪一郎(蘇峰)撰の原文を紹介したものです。蘇峰翁は当時貴族院議員帝国学士会員(正五位勲二等)の肩書きでした。墓碑銘を揮毫した方が三上参次文学博士、肩書きは監時帝室編修官長帝国学士院会員(正三位勲一等)と記されています。『柁城』第七十五号(昭和五年十一月)の「文苑」欄に収録されています。

資料七は『柁城』第八十四号(昭和十年一月)から採録したもので、牧暁村が谷山先生の一面を紹介した文章です。「朗々玉を転じ鈴を振ふが如き美声家で、小品文鈔や八大家文中の妙文を朗誦するときは誰もが魅了されたものだ。先生の教育勅語の奉読をきかんがため祝祭日の式に集まる父兄母姉殊に老人が多かった。」「……………」「わが谷山先生は、曽て我等郁文館の舎生を連れて霧島に遊び硫黄谷温泉に泊って登山に践渉に身志の強健を試した際、一夜その朗々の吟声を試みたところ温泉場の絃歌ピタリとやんだことがある」「今や、青少年の志気を鼓舞振作するため詩吟会がいたるところに起こりつつある際、先生の美声が切に思はれる」

加治木が生んだ文化人・牧暁村氏の述懐に感動しましたので、この資料を選びました。

資料八は『柁城』第十二号（明治四十三年四月）の「史傳」に記されていたもの。「加治木の区域」を次のように説明していました。

「現今の加治木の外、嘉例川、小浜、有川、崎森、三縄、溝辺、竹子までを含み居しに、嘉例川は文禄年間、小浜は寛永年間、有川、崎森、三縄、溝辺、竹子の五は慶安年間何れも分離したるものなり」とあったので、私の出身地・有川竹山が昔から加治木と深い縁りのあったことを教えてもらったのです。ちなみに、父二見源吾は若き日柁城小学校で首席訓導をつとめた折り、新納教義先生が算数の授業をしてもらったョと話しておられました。また、谷山初七郎先生を介して東郷元帥直筆の書を拝領しており、二見家の家宝としています。

資料九は『柁城』第九十二号（昭和十七年三月）の「雑纂」に収められている野田昇平氏の文章です。「大加治木郷と云へば、大袈裟の様に聞えるが、今日の加治木町の全域と、山田村の一部と、溝辺村の一部と牧園村の一部佳例川方面を包含した地域を指す…」という書き出しで、上太古の時代から説き起しておられます。後に「更齊谷山初七郎伝」を執筆された方、独自の研究成果が『柁城』の随処に収録されていました。

以上、講演当日の配布資料を解説する形で口述内容を再現してみました。この通りに話をしたかどうか覚えておりませんが、あの日、新納教義先生から「大切な研究を披露してくださいました。これからも続けてください」と励ましを受けたことなどを思い起こします。

講演の翌月、すなわち一九九五年三月二二日付けで、私は『〈資料集成〉谷山初七郎と加治木』（B4判　八〇頁）という小冊子を出版しました。

折しも母校・県立加治木高等学校創立百周年が迫っており、私も記念誌編集委員の「人に選出されましたので、この後、谷山研究を続行、学校沿革の中に「特論」として谷山初七郎先生のことを執筆させてもらったという次第です。研究成果については、鹿児島女子大学（志學館大学）の研究紀要に逐次まとめてゆきました。また、『柁城』は保存版を複写し、郷土館と加治木高校に全編納本、閲覧の便に供していただけるよう配慮してもらいました。

過ぐる日、谷山家の方々が加治木に帰省墓参をされました。松田繁美会長の案内で史談会の方々とも交流され、初七郎先生もあの世から喜んでおられたと察します。母校の柁城小学校・加治木高等学校にも表敬訪問をされました。郷土の大教育家・谷山初七郎先生の英霊に心から合掌したい思いです。

（典拠）『加治木史談会　八十周年記念誌』
（平成二十一年七月一日　発行）
七二頁～七五頁所収

興南の志や如何に

一

『みんなみの光と風』と題し、鶴丸印刷（立田登社長は従兄です）からA５判約５０頁の第六集を出版したのが二〇一二年のこと、序文は池田弘先生にお願いしました。これより先エッセイ集第一作は廿一世紀初年（二〇〇一）でした。『華甲一滴』の題で文字通り還暦記念出版、その本をまとめるまでに十年の歳月を閲しています。当時、川涯利雄先生が短歌とエッセーの作者たちを集め「華《はな》の会」を主宰されており、母校鹿児島県立加治木高等学校でＰＴＡ会長をお引受けしていました私も、心を込めて執筆修業を続ける決心をしたのです。すばらしい国語教師・国文学者との友情はその後連綿と発展し、今も折々に語り合っております。「興南歌壇」の選者も引受けておられるようですね。たとえば、第110号58頁には、「今年また桜に会えて万々歳……（吉峯睦子）」「……竹田の杜は緑の世界（永田玲子）」の名歌が並んでおりました。吉峯さんは姉（吉田育野）と二高女での同期生、永田さんは県文化協会の副会長、身近な同人先輩です。

念のため、二見エッセー集の名称をあげておきましょう。第二・三・四集が霧島三部作（山麓の文化・市の誕生・霧島に生きる）です。二〇〇四〜六〜八年と続きました。第五集は永久《とわ》に清水を』（二〇一二）で、副題は「薩摩義士に学ぶ」として、水・森・心各巻　12回ずつ、義士顕彰の哲学探究を試みました。三年がかりで心の旅をした記録です。第七集が『源喜の森』（二〇一三）、父方の源兵衛、母方の喜兵衛曽祖父らの頭文字をあわせて先祖供養の心構えとでもいうべき表現でしょうか。続いて第八集に『天地有情（二〇一五）、これはかごしま国民文化祭記念の書であります。鹿児島空港前西郷公園の和室に掲示されている西郷隆盛の書「示子弟」—人間のふみを行うべき道を学ぶにあたり、その学問の中心となるものを見失えば、どんなに物知りになっても無知同然であり、学問の中心となるもの即ち天理天則が何であるかを把握できれば、志気元気が振るい起るものである。世の中には様々な学派が入り乱れて、もつれた糸のようであるが、千年を経ても、びくともしないものは「仁」である。—といった内容の漢詩を紹介しながら、人間美学や地球市民、地域創生や尽己報郷など四字熟語20が並びました。その後に、『学び』十編、と「心の散歩道」七編を加えています。

第九集に位置づけられたエッセイ集が『里山の心』(二〇一六)、この書は絵手紙全国大会鹿児島開催を祝い、同時に喜寿記念出版です。内容標題は「天地人」「自然体」「無尽蔵」など3字熟語でまとめました。そして母校霧島市立溝辺中学の創立70周年記念出版が『心やさしき人々』(二〇一七)、構成は発心・真心・初心・決心等々二字熟語で連ねた作文　—第十集の達成です。巻末に「ふるさとの歌」を5曲並べておきました。ふるさとの領域が村から町へ拡大してきた戦後六十余年、霧島市は1市6町で発足したのですが、合併後早や十年経っても尚、一体感はなかなかできませんね。

二

幼ない頃から、私は国語が大好きでした。このごろは外国語にも再び興味を覚えていますが、翻訳は苦手です。四十代から始めた海外研修では下手な英会話で地球市民交流の楽しみを味わっていますが、そのうちに孫世代が祖父母たちを追い越してゆくことでしょう。

こんなことがありました。インドの国際会議で食堂に入りますと「サクラサクラ」や「上を向いて歩こう」など日本の名曲を流してくれるのです。家庭訪問のとき「埴生の宿」を日本語で唱い出したら、英独仏露それぞれの言語で斉唱が始まりました。学校訪問では小・中学生たちを相手に「エイク、ドウ、ティーン、チャール、パンチ、チェ、サート、アート、ナウ、ダス」と一夜漬のヒンディ語で両手の指を折っていくと皆大喜び、小さな会話が続きました。

向うの研究者が曰く、「日本の高等教育機関では何語で講義をするのですか」「……」私はすかさず「私の国では幼稚園児から大学生まで、皆日本語で勉強していますヨ」と答えました。インドでは大学でも議会でも英語が公用語ですから、国際会議では堂々と発言できます。私が子どもたちにHow many laguages do you speak?と質問しますと4とか5と答えるので「何語?・」と尋ねてみるとヒンディ・マラティ・サンスクリット・イングリッシュ・フレンチの5だそうです。日本人だったら鹿児島弁・東北弁・標準語・英語……といった調子でしょうか。大学時代に私は外国語としてラテン語やエスペラントにも少々興味を持ちました。教養部時代は中国語や朝鮮語が教科にとりあげられておらず、ましてや漢文や方言もあまり出てきませんでした。五十代に入った頃、ウルムチで九州大学と現地の大学が姉妹交流の小会議をしたことがありましたが、共通の言葉としては英語です。でも、隣にいたモンゴルあたりの青年学徒に質問してみて驚いたのは日本語(読解力はありますが会話力はあまりありません。)や英語を飛び越えて第一外国語としての中国語と第二はロシア語だそうです。、

私の恩師・平塚益徳先生は牧師さんの家に生まれた方でしたが、学生時代はユダヤ語研究会に入っておられた様子、英語はお手のもの。「世界各国が自国語とエスペラントを同時にマスターしたら、地球市民ができやすいのではありませんか」とお聞きしたら、「言語はネ、それぞれの地域や国の歴史を背負っているからそれはなかなか難しい話だヨ」と仰言っていました。

三

こんな具合で、自己紹介にもなりませんが、エッセイストとしての経歴を若干書き出してみました。今も毎月一編、約八百字の作文づくりに精出しています。二〇一七年秋、母校溝辺中学校創立　70周年記念に「学舎《まなびや》に咲かそう友愛の花」の題で講演したことにヒントを得て、次のエッセー第十一集の名称は「友愛の花』と決めています。幸い健康なので百歳人生・生涯現役を目指していますが、傘寿を期してこの辺りで一度まとめておくのもよさそうです。

一年ほど前から書き始めまして、空―天―無―地―大―春―竹―友といった具合に一字題で目下筆をすすめています。これとは別に『興南』では桂庵や文之が築いてこられた薩南学派の流れを自覚しながら、やゝ哲学的な学問論・文化論に挑戦できたらうれしいです。

丸井浩氏によりますと、ブッダが「最後の旅」に立たれた年齢は　80歳だったそうです。庶民の修行はまだまだ続くのです。

『興南』百十一号　二〇一九年一月一日発行

三十六頁～三十七頁収録

あとがき

人類の危機を救うための原理を「草木国土悉皆成仏」思想に求め、森羅万象に生命を感じとる力、その原点が日本文化の中にも内在すると明言されたのは哲学者・梅原猛翁。科学技術文明の限界を指摘しつつ「原始的根源的思想に帰らなければ今後の存在は不可能」と主張される。日本では「ウグイスやカエルや雨や風すら歌を詠む」と言われた。

明治大正生まれの父母兄姉に育てられた昭和平成の私、気づいてみれば五人の孫を持つお爺さん、早やシニア傘寿の齢に達しつつあるわけだが、人生を達成したとはまだいえそうもない。

前回のエッセー集を出版してまもない頃、阿部洋先輩から長距離電話があり、「エッセーの中に色々と貴重な教育論も鏤《ちりば》められていて立派だョ」と褒められた。大教育家平塚益徳博士の門下生たち、その筆頭格におられる阿部氏はまもなく卒寿「九十台に入るので登山はそろそろ終わりにしたョ。墓には恩師にあやかって『一以貫之』を刻んだ。」と語られた。

昭和一桁生まれの先輩たちにはこうした根性がある。氏のまわりには、今、全国の学生、多くの留学生が集まっている。いつまでも長生きしてほしい方、まさしく教育研究実践者の一番手である。日本のスンクジラでやきもきしている私など最後の弟子というべきや。横浜の阿部先生宅には何度も泊まらせてもらった。鹿児島の拙宅にも来て下さった。一緒に海外視察に出かけたこともある。

さて、今回のエッセー集は通算11冊目、霧島の地域情報誌に一文字《ひと》連弾18回の作文を軸に恩師への感謝文などを含めて編集してみた。書名『友愛の花』は母校溝辺中学の校歌から頂いた。序文は高校時代の学友で竹馬の友、有川和秀君が快諾してくれた。同じ霧島市民、只今隼人町史談会会長である。安良小学校長の後、横川町教育委員会で頑張った。姶良伊佐地区全体の文化振興に目配りのできる人、山ヶ野金山探訪やウォークの先導役等々、日本全体にとってもなくてはならぬ人、学徳兼備の教育家である。初午祭で賑わう鹿児島神宮の麓で育ち、隼人〜横川をつなげる郷土史研究者、これまで一緒に私も色々な仕事をさせてもらった。友愛の花を各地に咲かせて下さる親友の一人である。

本書の題字は溝辺生まれの書家・長野順子女史にお願いした。友愛の心あふれる題字を掲げて一年半、エッセーを綴ることができた。感謝である。国分には県の文化課で出会った中村文夫先生がおられる。高校長等を歴任され霧島市の教育委員長を務められた。そして書道の愛好家を育てておられ、私もなぜか気が合って毎月末『モシターン』持参で会いに行き小さな文化サロンを楽しんでいる。

溝辺町は書道文化部門でも多くの人材を揃えている。初代文化協会長である最勝寺良寛先輩には『霧島山麓の文化』出版の折りに題字をお願いした。空手道師範でもあられる。「文武不岐」の道を真直に生きぬかれた長老だ。

文化協会副会長を勤めていた北里洋一さん親子が県知事賞同時受賞に輝かれたときは、呼びかけ人・最勝寺先生のもと上床公園で祝賀の宴を開くことができた。息子の北里朴聖君は努力が実って昨年も日展に入選した。作品(43頁)の意を尋ねると「雲は和声を動かし集める」と教わった。未来の星である。

書家といえば、県会議員をされながら県文化協会副会長として文化振興に尽力された林憲太郎氏を忘れることはできない。実は、国分進行堂の赤塚恒久社長を私たちに引合わせて下さったのが林先生である。『姶良の文化』は正続二巻とも赤塚社長のご尽力で出版できた。その際の題字は林先生の置土産、氏は県域全体が見えておられた方で、奄美と姶良とは早くから交流を重ねている。

文化芸術に関わる領域は幅広い。出版技術関連分野だけでも、文学・芸術・音楽等限りなく広がる。「文武不岐」をモットーとされていた教育家・嘉納治五郎翁の目標は西郷・大久保・木戸・勝だという。かつてオリンピック日本開催に尽力、決定後太平洋上で逝去されたのは七十九歳の時。「五輪」の重みを思う。

二月から四月にかけては日本列島が白銀の山々から桜花らんまんの春景色まで見られる世界だが、別れと出合いの交錯する時空。敬愛してきた長老、たとえば「男の中の男」、加治木史談会の松田繁美会長との悲しい別れもあった。また、エッセー作家・詩人相星雅子女史も召天された。………その一方で孫たちは卒業～入学・就職へと巣立ってきた。先人から受けた友愛の花、真情を次世代にも伝えてゆかねばと心をひきしめる。

その道一流の達成観(感)を味わうことなく行きだおれの人生では御先祖様に申し訳ない。六十の手習いで始めたエッセーも10年20年経ってみると10冊仕上げられていた。

今回は11冊目、何かいいことをしたような気持ちだ。千里の道も一歩から —Step by Step これからも百年後に役立ちそうな市民の夢を少しずつ描き続けてみよう。

表紙絵に採用させていただいたのは絵手

紙作家でわが家にも毎月出入りしておられる長野昌代女史からの一枚、作品の題目は「テーブルのにぎわい」である。

尚、次のシリーズ『學びの窓』は教育界のバーンスタイン・池田弘先生の御心を体しつつ「学びは喜び」の世界で遊ぶことにした。

題字は令夫人フミ様にお願いする。学を學と定めたのは、私の人生道場「志學館大学」に由来する。心を清くして、四季折々に美しい夢を見てみたい。

最後に、本書は夫と妻の傘寿・喜寿記念の出版でもある。皆さんに支えられながらわが家の平成時代を総括したことになるであろうか。

以上、愛と感謝を込めて「あとがき」とする。

令和元年　五月一日

鹿児島県文化協会
創立五十周年を祝って
二見　剛史

◆今回お世話になった方々(敬称略)

題字　長野　順子
表紙絵　長野　昌代
写真　赤塚　恒久
杉木　章
豊廣　俊治
福永　政男
書　最勝寺良寛
北里　洋一
北里　朴聖
編集協力　芝　正晴
永田小夜子

人名さくいん（五十音順・敬称略）

著　者　略　歴

昭和14年　鹿児島市薬師町に生まれる　昭和19～20年　鹿児島幼稚園
昭和20年　父祖の地、溝辺村有川竹山に移住　溝辺小・中から加治木高校へ
昭和38年　九州大学卒業、同大学院へ　博士課程を経て1年間九大助手
昭和42年　国立教育研究所で日本近代教育百年史（全10巻）編集事業に参画
昭和49年　日本大学教育制度研究所へ　この頃より海外視察研修に励む
昭和55年　鹿児島女子大学（現志學館大学）へ　学生部長・生涯学習センター長等
昭和57年　溝辺町文化協会長『文化みぞべ』創刊（「始良の文化」編集）県より「芸術文化奨励賞」
平成元年　溝辺町教育委員（「溝辺町郷土誌続編Ⅱ編集委員）
平成14年　鹿児島県文化協会長（九州文化協会理事・県文化振興会議委員等を兼務）
平成16年　世界新教育学会よりWEF小原賞を受く
平成17年　志學館学園より功労賞および志學館大学名誉教授
平成18年　霧島市55人委員会委員長（兼 行政改革委員・溝辺地域審議会委員）
平成19年　霧島市薩摩義士顕彰会長　西郷公園活性化委員長
平成25年　鹿児島県文化協会名誉会長（平成30年より顧問）
平成30年　歴史大賞功労賞（モラロジー研究所推薦の全国表彰）を受く

〔主要著書〕

「日本近代教育百年史」	（共著1974，全10巻）
「日中関係と文化摩擦」	（共著1982）
「日中教育文化交流と摩擦」	（共著1983）
「子どもの生を支える教育」	（共著1991）
「女子教育の一源流」	（1991）
「中国人留学生教育と松本亀次郎」	（1992，論文集成）
「谷山初七郎と加治木」	（1995）
「いのちを輝かす教育」	（編著1996）
「日本語教育史論考」	（共著2000）
「新しい知の世紀を生きる教育」	（編著2001）
「鹿児島の文教的風土」	（2003，論文集成）
「隼人学—地域遺産を未来につなぐ」	（共著2004）
「はじめて学ぶ教育の原理」	（共著2008，新版2012）
「霧島・始良・伊佐の昭和」	（監修2014）
「日中の道　天命なり！　松本亀次郎研究」	（2016）
「龍門の志　母校に贈る論文集」	（2017）

〔現住所〕　〒899-6405　鹿児島県霧島市溝辺町崎森2731-5

══ エッセー集（既刊）══

1	華甲一滴	2001	鶴丸印刷
2	霧島山麓の文化	2004	国分進行堂
3	霧島市の誕生	2006	〃
4	霧島に生きる	2008	〃
5	永久に清水を	2011	〃
6	みんなみの光と風	2012	鶴丸印刷
7	源喜の森	2013	国分進行堂
8	天地有情	2015	〃
9	里山の心	2016	〃
10	心やさしき人々	2017	〃

友愛の花（傘寿記念出版）
－鹿児島県文化協会創立50周年を祝って－

２０１９年5月1日　第一刷発行

著　者　二見剛史
発行者　赤塚恒久
発行所　国分進行堂

〒８９９-４３３２
鹿児島県霧島市国分中央３丁目１６-３３
電話　０９９５-４５-１０１５
振替口座　０１８５-４３０-当座３７３
URL　http://www5.synapse.ne.jp/shinkodo/
E-MAIL　shin_s_sb@po2.synapse.ne.jp

印刷・製本　株式会社国分進行堂

定価はカバーに表示しています
乱丁・落丁はお取り替えします

正誤表

左記の通り訂正します。

86頁 11行目　文中に四文字を追加

（正）…義妹（佐藤郁未）が嫁いで…

92頁 表題

（誤）…Ｕターン落穂拾いの人生

（正）…Ｕターン後の親孝行

105頁 文末に追加

（正）※参照…35頁の「人物相関図」

106頁 12行目『をいれる

（正）…第五集は『永久に…

108頁 7行目スペル

（誤）…laguages

（正）…languages

109頁 3行目

（誤）…記念に「学舎《まなびや》に…

（正）…記念に「学舎《まなびや》に…

114頁 下段

（誤）…小原園芳　（誤）…北星朴聖

（正）…小原國芳　（正）…北里朴聖

117頁 主要著書の最後

（誤）…「龍門の志 母校に贈る論文集」（２０１７）

（正）…「龍門の志 母校に贈る論文集」（共著２０１７）